KB044794

나를 바꾼 기록 생활

나를 바꾼 기록 생활

삶의 무게와 불안을 덜어주는 스프레드시트 정리법

초판 1쇄 발행 | 2021년 2월 5일
초판 4쇄 발행 | 2024년 3월 1일

지은이 신미경
발행인 한명선
편집인 김수경

제작총괄 박미실
디자인 모리스

주소 서울시 종로구 평창길 329(우편번호 03003)
문의전화 02-394-1037(편집) 02-394-1047(마케팅)
팩스 02-394-1029
전자우편 saeum2go@hanmail.net
블로그 blog.naver.com/saeumpub
페이스북 facebook.com/saeumbooks
인스타그램 instagram.com/saeumbooks

ISBN 979-11-90473-55-2 03810

• 잘못된 책은 바꾸어 드립니다.
• 책값은 뒤표지에 있습니다.

삶의 무게와 불안을 덜어주는 스프레드시트 정리법

나를 바꾼 기록 생활

신미경 에세이

차례

프롤로그

1
오늘부터 돈을 모으는 법

2

결국 내 자리를 찾았다

3

혼삶을 위한 가이드

4

매우 사적인 리스트

에필로그

나는 잘 살고 싶다

옛날 옛적, 자신이 날다람쥐가 될 거라 믿었던 나무늘보가 살았다. 나무늘보는 이 나무 저 나무로 휙휙 날아다니는 옆 동네 날다람쥐를 보며 언젠가는 그렇게 살리라 야심을 키웠다. 하지만 생각만큼 몸이 따라주질 않았다. 맛없는 나뭇잎은 그만 먹고 저기 나무 꼭대기에 붙어 있는 탐스러운 열매를 빨리 먹고 싶었다. 나무늘보는 매일 열심히 기어 올라간다고 여겼지만, 늘 제자리 같았다. 가엾은 나무늘보는 아무리 노력해도 열매에 닿지 않는 자신에게 환멸이 났다. '어차피 지금 이 자리에 머물러도 괜찮잖아. 여기에도 먹을 게….' 안주하자고 마음먹었지만, 주변에 맛없는 먹이조차 충분치 않았다. 나무늘보는 무기력에 빠져 있다가는 굶어 죽을 거란 걸 본능적으로 알았다.

나무늘보는 해가 저물 때마다 오늘 올라간 높이만큼 나무에 표시하기로 마음먹었다. 그러자 제자리에 멈춰 있는 듯한 기분이 희미해지기 시작했다. '오늘도 한 발자국 더 기어 올라가보자. 천천히. 천천히.' 여기까지 왔다고 또 표시했다. 나무늘

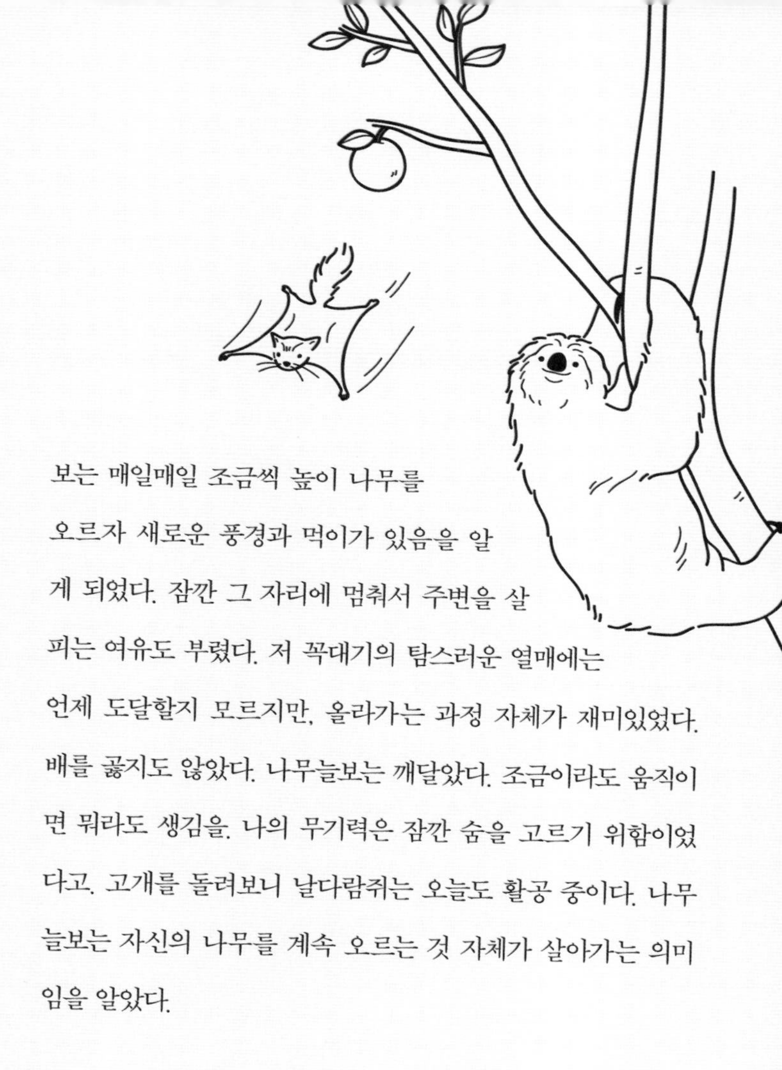

보는 매일매일 조금씩 높이 나무를 오르자 새로운 풍경과 먹이가 있음을 알게 되었다. 잠깐 그 자리에 멈춰서 주변을 살피는 여유도 부렸다. 저 꼭대기의 탐스러운 열매에는 언제 도달할지 모르지만, 올라가는 과정 자체가 재미있었다. 배를 곯지도 않았다. 나무늘보는 깨달았다. 조금이라도 움직이면 뭐라도 생김을. 나의 무기력은 잠깐 숨을 고르기 위함이었다고. 고개를 돌려보니 날다람쥐는 오늘도 활공 중이다. 나무늘보는 자신의 나무를 계속 오르는 것 자체가 살아가는 의미임을 알았다.

이 이야기 속 나무늘보인 나는 아득한 보상에 집착한 채 조바심을 냈다. 그러다 번아웃이 왔고, 모든 걸 놓아버린 채

한동안 무력하고 게으른 삶을 살았다. 체계적이지 못했고, 하루하루를 무용하게 날려버리는 날의 연속이었다. 해야 할 일을 미루며 당장의 편한 생활에 몸을 맡겼다. '이러다 인생이 통째로 망할 거 같아!' 엄청난 위기의식을 느끼고 나를 바꾸기로 마음먹었지만 하루아침에 달라질 리 없었다. 나는 왜 쫓기는 기분이 들고, 조금만 삐걱거려도 완전히 실패한 듯 의기소침했을까. 나는 나를 잘 몰랐고, 그래서 스스로 판을 짜지 못했다. 남이 짜놓은 판에 맞춰 살려고 하니 모든 게 불안하고 불편했다. 그저 할당된 과제에 허덕이며 미래에 대한 걱정을 한가득 안고 살던 나는 사는 게 좀 재미없었다.

나의 문제점을 적다.

- 목표 상실로 사는 이유가 뚜렷하지 않다.
- 끈기 부족, 내겐 작심삼일도 길다.
- 견고하게 들러붙어 있는 건강을 해치는 습관.
- 낭비벽으로 늘 돈 걱정에 시달린다.
- 남과 비교하고, 자기 검열이 심해서 괴롭다.
- 나를 잡아주는 가치관이 뚜렷하지 않다.

문제점을 써내려가던 날 깨달았다. 나는 내 문제가 무엇인지 알고 있기에 희망이 있음을. 고심 끝에 찾은 해결책은 스프레드시트에 나의 문제점을 개선하고 관리할 수 있는 표를 만들고, 그 기준에 맞춰 '실천-관찰-기록-피드백'의 과정을 지속적으로 하자는 나와의 약속이었다.

이제부터 소개할 스프레드시트 정리법은 무기력을 탈피하고 지금을 살게 만들어준 재정, 생산성, 생활 습관, 취미와 생각 관리법이다. 여러 스프레드시트를 만들어 사용하고 있는데, 그 틀에 고정불변은 없다. 언제나 더 나은 방법이 떠오르면 수정하면서 효율적인 방식을 찾는다. 변하지 않는 단 하나는 오늘도 기록하고 있다는 점이다.

삶에 대한 통제력을 잃지 않고, 무난한 행복을 누리고 싶다는 소망은 실로 엄청난 자기 관리의 결과물이다. 많은 것에 스프레드시트를 사용하는 나는 아침에 가장 먼저 건강 관리부 스프레드시트를 연다. 몇 시에 일어나 아침식사로 무엇을 먹었는지, 요가 스트레칭을 15분간 했는지 빠른 속도로 표기한다. 나의 건강 컨디션을 추적 관찰한다. 본격적인 일 시작 전에 '로드맵'이라 이름 붙은 스프레드시트를 열어 노란색으로 강조 표시한 오늘의 할 일 목록을 훑는다. 작은 목표를 해내며 큰 목표를 향해 한 발자국씩 걸어간다. 게으름 피우고 싶은 날에도 로드맵만 열어보면 '내가 이럴 때가 아니지.' 이따금 찾아오는 무력한 마음을 다잡는다. 옷을 사면 옷장에 수납한 다음 의류 관리 스프레드시트에 업데이트한다. 인터넷 쇼핑몰에서 속옷을 살 때 내 신체 사이즈가 생각나지 않으면 헬스 케어 목록에서 최근 재놓은 치수를 확인하는 편리함도 갖추고 있다. 장을 볼 때는 좋은 식사 스프레드시트에서 이번 주에 도전할 레시피를 고른다. 자산 관리부라 이름 붙은 가계부도 당연히 스프레드시트로 만들어 쓴다.

쓸데없이 시간과 에너지를 잡아먹는 일에 신경 끄고, 걱정은 줄이고 최대한 몸과 마음, 정신이 쾌적한 일상을 살고 싶다. 그게 내가 결론지은 잘 사는 삶이다. 그런 바람이 찾은 스프레드시트 정리법은 이제 내 삶의 한 부분이 되었다. 많은 사람들이 어떻게 그렇게 부지런할 수 있는지 내게 묻곤 한다. 나의 본 모습은 게으름뱅이고, 지금도 부지런히 살다가 하루이틀 정도는 소소한 번아웃으로 스위치를 끄고 충전하며 살고 있으니 요령껏 살고 있다는 편이 맞을 듯하지만, 한 가지는 확실히 말할 수 있다. 기록하면서 나는 달라졌노라고. 예전보다 훨씬 만족하는 삶을 살고 있다고. 조금씩 나는 더 잘 살고 있다. 그리고 모두가 잘 살았으면 좋겠다.

나의 주요한 기록 도구,
스프레드시트

표를 쉽게 만들고, 계산도 할 수 있는 스프레드시트는 나의 주요한 기록 도구이다. 엑셀, 구글 스프레드시트, 넘버스가 스프레드시트를 만들 수 있는 대중적인 소프트웨어인데, 나는 넘버스를 쓴다. 맥북, 아이폰 사용자여서 내가 가진 어떤 기기에서든 연동되어 편하다는 이유 외에 특이점은 없다. 엑셀이나 넘버스가 없다면 구글 계정 가입만으로도 무료로 사용할 수 있는 구글 스프레드시트가 있다. 스프레드시트가 생소한 사람이라면 사용법을 배워보길 추천하지만, 아날로그적 삶을 지향한다면 종이에 표를 그려 사용해도 괜찮을 거 같다. 스프레드시트는 어디까지나 하나의 기록 도구일 뿐, 핵심은 나를 관리하는 기준을 세워 꾸준히 실천하고, 적어서 객관화시키고 결국 개선하는 데 있다.

내가 스프레드시트에 빠져든 이유는 단순한 구조인데 응용력이 대단하고 효율적이기 때문이다. 행과 열에 내가 필요로

하는 항목을 기입하고, 돈과 관련된 정리라면 달성률 수식을 넣거나 드롭다운으로 목록을 만들어 쓸 수도 있다. 칸마다 색상을 달리 표기해 구분을 짓기도 한다. 나는 초보 수준의 기능만 사용하나 소위 말하는 엑셀의 신들은 이 도구로 세상을 지배할 수 있을 거 같다.

스프레드시트는 수많은 회사원의 친구로 우리의 첫 만남도 회사에서였다. 일 잘하는 직장 선배들은 엑셀을 자유롭게 사용했는데, 표로 잘 정리한 프로젝트 로드맵을 척척 내어놓는 선배들의 모습에 감탄하곤 했다. 그들이 업무를 잘하는 이유는 머릿속 생각을 뒤죽박죽인 채로 내버려두지 않고 모두 명확하게 이해할 수 있도록 객관적인 자료를 잘 만들기 때문이라 여겼다. 나도 그렇게 일하는 사람이 되어야지, 사회초년생이었던 나는 내심 다짐했다. 그런 선배들이 휴가 준비부터 출산 체크리스트까지 모두 스프레드시트로 만든다고 하니 더 이상 따분한 업무 도구로만 보이지 않았다. 코 닦아가며 일 배우던 시절에 업무 능력이 뛰어나고 개인 생활까지 철두철미하게 관리하는 선배들의 모습은 내가 다다르고 싶은 목적지였다.

그로부터 십여 년이 흘렀다. 가볍게 살자, 필요한 것만 갖추고 자유롭게 살자, 그 이후 평온하게 살자, 대비하며 살자,

라는 꾸준한 의식 변화 속에서 스프레드시트는 생산성을 체크하는 도구를 넘어섰다. 나의 생활을 차곡차곡 접어 정리해둔 수납함이며, 과거와 오늘 그리고 미래를 예측·관찰하는 연대표이자 관심사에 따라 쌓은 지식을 큐레이션한 보물 창고이다. 마치 평행우주처럼 스프레드시트 안에는 주어진 시간을 알차게 사는 내가 기록되어 있다.

스프레드시트 정리법의 좋은 점 7가지

1. 걱정의 크기를 줄일 수 있다.

과거의 실수, 미래에 대한 불안이 오늘의 나를 좀먹도록 내버려두지 않는다. 나는 실질적인 문제가 아니라면 걱정하지 않기로 정했다. 우리가 살며 가장 많이 하는 걱정은 무엇일까. 먹고사는 문제처럼 생존, 삶의 의미, 인간관계, 마음의 평정심 찾기일 수도 있다. 이 모두 걱정만으로 해결할 수 없다. 생각만으로 하는 걱정에는 군더더기가 많다. 문제를 글로 적어 보면 간결해진다. 스프레드시트는 기본적으로 표를 만드는 도구다. 표로 정리하다 보면 글을, 생각을 더욱 축약할 수 있고, 그러다 보면 걱정의 크기가 점점 작아진다.

2. 삶에 질서를 가져온다.

뜻대로 되지 않으면 화가 나고, 예측할 수 없는 상황에 처하면 우리는 불안을 느낀다. 통제력 상실은 누구나 견디기 힘들다. 주변을 나의 통제하에 두는 것은 몹시 어렵지만, 나를 바꿀 수는 있다. 규칙과 질서를 만들고 지키며 사는 게 첫째고, 규칙을 어길 때에도 일정 선을 넘지 않도록 정해두면 회복탄력성이 좋아진다. 나는 일과표를 만들고 실천하는 게 작은 시작이라 본다. 표에 적어둔 할 일 목록은 나의 생활 매니저로서 옆에 꼭 붙어 질서 잡힌 삶을 만들어준다.

3. 나를 관찰한다.

나는 언제 내게 엄격해지고 또 너그러워지는가. 어떤 상황을 견디기 힘들어 하는가. 누가 나를 소중히 여기고 지지해주는 진짜 내 편인가. 이 모든 의문에 답을 주는 것은 기록의 총량과 흐름이다. 그날 느끼는 모든 감정을 종합적으로 적는 일기와 달리 매일 나와 나를 둘러싼 주변 정보를 카테고리에 따라 간략하게 표에 모으다 보면 어느 정도 경향이 보이고, 막연히 나는 그런 사람이라고 여겼던 것들이 명확해지면서 관리할 포인트가 생긴다. 관리란 결국 개선으로 나아간다.

4. 끈기와 인내를 배운다.

살면서 내가 가장 좌절했던 부분은 조금만 안 되면 쉽게 포기하는 태도였다. 그래서 아무것도 이룬 게 없다고 믿었고, 나는 내게 무가치한 사람이었다. 이런 슬픈 생각을 떨칠 수 있었던 것은 계속한다는 자체에서 의미를 찾았기 때문이다. 좋아하는 일은 알아서 잘하므로 끈기를 따로 챙겨줄 필요가 없지만, 필요를 느끼는 일에 근성을 가지려면 피아노 연습할 때 '바를 정(正)'을 쓰는 것처럼 반복해야 했다. 나를 계속할 수 있도록 독려하는 것 역시 훈련을 기록하는 스프레드시트다.

5. 삶의 균형 감각을 가진다.

건강과 일 관리는 매일, 돈 관리는 자주. 공부, 생활이나 소유물 관리, 취미 노트 등은 필요할 때만 꺼내 정리한다. 삶의 주요한 부분부터 흥미의 영역까지 관리하는 표가 있다 보니 삶의 여러 요소를 골고루 신경 쓰며 살고 있다는 생각이 든다. 하나에 치우쳐 균형 감각을 잃지 않는 방법으로, 스프레드시트에 내 삶의 주요 구성 요소를 기록할 각자의 방을 만들어두고 정리해나가기를 추천한다.

6. 시작은 메모부터.

생산성을 고민하는 사람들은 각기 저마다의 도구를 활용한다. 모두 어떤 방식으로든 목록을 쓰고 지낸다. 식료품점에 가기 전 쪽지에 구매 물품을 메모하고, 해야 할 숙제나 일을 수첩에 정리한다. 체크리스트는 빈틈 많은 삶의 위험을 최소화하기 위한 장치다. 기록으로 삶을 통째로 정리해보겠다는 다소 터무니없어 보이는 생각을 스프레드시트로 옮기기 전까지 내게 휴대폰 메모장은 두서없이 떠오르는 모든 것을 낙서하고, 고민을 적어 내려가며 마음의 부담을 덜어내는 최고의 기록 도구였다. 지금도 메모장에 적어둔 여행 가방 준비물 목록을 보며 짐을 챙긴다. 가고 싶은 여행지가 생겨 두서없이 정보를 모을 때도 메모장은 요긴하다. 그러나 여기까지. 모아놓은 여행 정보는 스프레드시트로 일정에 따라 구체화시킨다. 메모장은 정보의 정거장일 뿐 최종 목적지는 될 수 없다.

7. 막막함에서 벗어날 수 있다.

메모가 찰나의 붙잡음이라면, 스프레드시트에는 무엇을 어떻게 관리하겠다는 전략이 들어 있다. 얼핏 보기에 메모와 다를 바 없는 단순한 식료품 관리 리스트도 그렇다. 간장, 소금, 후추 같은 오래 보관하며 사용하는 양념이라면 패키지에 표기된 유통기한과 보관법에 따라 일목요연하게 정리한 표를 만든다. 가끔씩 목록을 열어 기한 임박인 양념을 다른 색으로 표시하고 곧 처분하는데, 상미 기간이 지난 음식을 실수로 먹고 탈이 나지 않도록 나를 보호하는 방법이다. 한때 냉장고에 든 모든 식품을 표로 정리했으나, 소비주기가 빨라 효용이 떨어졌기에 오래지 않아 그만두었다. 이런 시행착오 속에서도 변하지 않는 건 '나의 무엇을 관리할 것인가'이며, 내게 가치 있는 기록은 그 물음에서 출발한다.

어떤 습관을 갖느냐에 따라 삶의 질이 달라진다고 흔히 말한다. 나태함, 낭비벽은 결코 양질의 삶을 만들어주지 못한다. 그럼에도 건강하게 먹고 운동하는 일상, 매년 자산이 늘어나는 기적을 목도하기에 나는 변변치 않은 끈기를 가지고 있다. 내가 안락하다 느끼는 삶을 메모에 하나둘 써보았을 때, 상상으로만 그쳤을 때는 손에 아무것도 잡히지 않아 막막했다. 실행 중심의 삶을 위해 메모로 계획만 하던 습관을 버리고, 실행한 후에 기록하는 습관을 들였다. 스프레드시트는 변화가 시급했던 것부터 만들었다. 처음에는 건강관리였고, 두 번째는 돈 관리, 생활과 감정으로 점점 확대되었다. 아늑하고 고요한 행복을 누리고자 스프레드시트로 만든 삶을 위한 장기 투자 목록. 드디어 내가 해야 할 일이 또렷이 보인다.

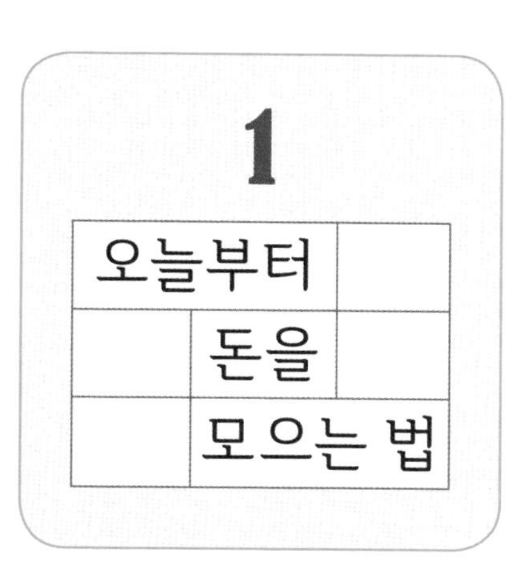

소비의 즐거움밖에 몰랐던 나는
뒤늦게 모으는 기쁨을 알게 되었다.
그건 실로 무한한 가능성이다.

어른의 꼼꼼한 돈 정리

카드 결제 내역을 확인하고, 지출 스프레드시트에 숫자를 하나하나 입력한다. 효율적인 자동화 시스템에 눈을 반짝이는 내가 이토록 귀찮은 방식으로 돈 정리를 한다. 냉장고를 채워두고, 책 두 권을 샀더니 생활비 잔고가 약간 줄었다. 표를 쭉 훑어보니 잡아놓은 예산이 아직 넉넉하게 남아 있어 걱정되지 않는다.

연말이면 스프레드시트로 내년 가계 예산안을 만든다. 월별로 지출을 기록하고 예산 소진율을 확인하며 돈을 쓴다. 수입을 기록할 때는 기 납부한 세금 역시 꼼꼼하게 적어둔다. 여러 금융기관에 흩어져 있는 자산과 월별 저축 내역을 표에 정리한다. 내 집의 가치 추이와 세금 납부 내역

10000

도 기록한다. 이 모든 스프레드시트를 하나로 묶어 '자산 관리부'라는 거창한 이름을 붙여주었다.

스튜디오 지브리 애니메이션 〈마녀 배달부 키키〉에는 14살이 되면 한 마을에 정착해 독립할 의무가 있는 마녀 키키가 나온다. 키키는 배달업에 종사하며 가진 돈 내에서 살뜰히 살아간다. 슈퍼마켓에서 식료품과 세제를 사고 지지(키우는 고양이)에게 "당분간은 핫케이크 하나로 버텨야겠어." 하며 배달 의뢰가 들어오지 않아 걱정한다. 키키는 장을 보고 남은 지폐와 동전을 하나하나 세며 의젓하게 생활을 꾸린다. 내가 스프레드시트에 한 푼 두 푼 숫자를 입력하는 행위 역시 현금이 거의 소멸된 시대에 가상의 돈을 만지듯 세는 방법이다. 돈의 실체가 없어도 눈으로 숫자의 자릿수를 세고, 손으로 되새기다 보면 돈에 무감각해질 수 없다. 현금을 쓰는 키키는 경제 감각이 확실하다. 키키는 멋지지만 필요 없는 구두를 쇼윈도에서 구경만 할 뿐 외상으로 사지 않는다. 마녀 수련 중에는 칙칙한 검은 옷만 입어야 한다는 규칙이 있다 해도 '수련이 끝나고 입을 거야.' 하면서 미리 사두지 않는다. 내가 갓 독립했을 때 키키만큼의 경제 감각이 있었다면 돈 걱정을 일찌감치 줄이고 여유롭게 살았을 테다. 생계에 무리 없는 수입을 버는 사람이라도 얼마를 벌고, 어디에 얼마를 쓰는지 전혀 파악하지 못하거나, 갖고 싶은 물건이 생기면 신용카드로 미래의 수입까지 당겨쓰는 생활이 만성화되면 가난에 이른다.

꼼꼼한 돈 관리는 자립의 기본이다. 갑자기 수입이 끊겨도 버티는 힘이 있어야 한다. 옷장에 안 입는 옷을 쌓아두고선 카드 결제 대금이 부족해 돈을 빌리는 초라함은 싫다. 빈곤한 노후를 상상하며 겁먹고 싶지도 않다. 돈 걱정 없이 살려면 수입의 절반을 저축하고, 계획적인 소비를 할 것. 미래의 기대 소득이 꾸준히 있을 것. 비상시에 꺼내 쓸 수 있는 자금이 넉넉할 것. 이 세 가지를 지키면 된다. 몹시 어려운 일이지만, 이를 하나하나 내 것으로 만드는 과정이 사는 재미다. 소비의 즐거움밖에 몰랐던 나는 뒤늦게 모으는 기쁨을 알게 되었다. 그건 실로 무한한 가능성이다. 돈이 조금씩 불어날 때면 옹졸한 불안감이 멀어지고, 삶의 선택지가 확장되었다.

어른이 되는 여러 방법 중 으뜸은 돈줄을 쥐고 관리하는 모습 같다. 삶의 주도권을 갖고 있다는 생생한 감각은 숫자의 흐름을 정리할 때마다 느낀다. '자산 관리부' 표를 살피며 돈에 대해 생각한다. 청구서 해결에 대한 한숨은 없다. 얼마를 모으고, 어디에 쓰고, 어떻게 투자할지에 대한 설렘이 있다.

자립할 만큼이면 충분해

미국에서 마흔 살 은퇴를 목표로 한 '파이어족(FIRE : Financial Independence, Retire Early)'이 등장했다. 최소 생활수준을 유지하면서 악착같이 돈을 모으고 투자해 조기 은퇴를 하자는 것인데, 밀레니얼 세대에게 빠르게 퍼지고 있다고 한다. 돈을 쓰지 않고 저축만 하면 경제가 원활히 돌아갈 리 없으니 일종의 문제가 될 수 있다는 기사를 눈으로 훔치듯 읽으며 나의 은퇴 자금에 대해 생각했다.

도대체 생계 걱정 없이 자유를 누리는 가격은 얼마일까. 스프레드시트를 열어 계산을 시작했다. 우리나라 여성의 기대수명은 85세가량. 그때까지 생존한다는 가정하에 기준점을 잡고 현재 일 년 지출 규모를 곱해서 자유의 가격을 구했다. 돈의 가치 하락은 나름 계획적인 투자로 방어할 생각이었고, 큰 병원비는 보험으로 해결한다는 전제다. 생계형 일에서 은퇴하면 내킬 때만 일하고 주로 책을 잔뜩 읽고 글을 쓰며 살고 싶다. 나의 욕구는 하찮을 정도여서 큰 돈이 필요치 않겠지만 숨만 쉬어도 들어가는 돈은 있다. 앞으로 15년을 꾸준히 일하고 모아야 은퇴 자금을 마련할 수 있다는 결론을 표에 채운다. 살 집이 있고, 어떤 빚도 없는 소규모 생존 기반은 갖췄기에 나는 이제 하고 싶지 않은 일은 하지 않아도 되는 자유를 사고 싶다.

빚을 레버리지 삼은 투자로 엄청난 소득을 올리는 사람도 분명 있지만, 나는 심적으로 빚을 매우 무겁게 여긴다. 부채 예민도가 높아서 정신 건강을 위해 앞으로도 빚은 내지 않을 생각이다. 작게 사는 것이 목표라 나의 경제적 자유는 덩치가 클 필요가 없다. 적게 먹어도 좋으니 마음 편안히 살고 싶다. 이렇게 자신의 성향을 알아야 돈 모으는 방식도 결정할 수 있다. 무조건 부자가 되겠다는 허무맹랑한 각오보다 내게 필요한 구체적인 숫자를 알고, 어떻게 모아갈지 확실한 숫자를 표에 채운다.

나의 돈 모으기 기준

빚 청산 : 이자 내는 남의 돈부터 갚기.

비상금 1단계 :
3개월 생활비로 이자도 붙고
수시 입출금도 가능한
파킹 통장에 넣어둔다.

비상금 2단계 :
6개월 생활비는 안전한 예금에
1년 단위로 재예치한다.

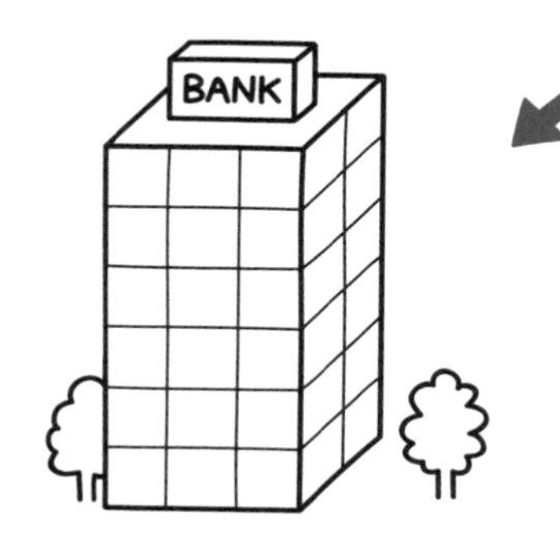

비상금 3단계 :
1년 생활비로, 5년 내외의
장기 금융 상품에 예치한다.

투자 시작 :
비상금을 제외한 여윳돈으로 한다.
성향에 맞는 투자 방법을 알아볼 것.

언제나 모호함이 불안을 부른다. 돈 문제에 있어서는 오도카니 앉아 표에 숫자를 채워넣으며 생각을 정리하면 문제가 명료해진다. 단계별로 실천사항을 기록해두기만 했는데도 이미 그 목표가 손에 닿을 듯 가까워진다. 나는 마치 신경 끄기가 삶의 목적인 사람처럼 나를 괴롭히는 모든 것에서 어떻게든 탈출하여 평정심을 갖고자 노력해왔다. 돈을 가벼이 여기는 태도는 나의 문제였고, 숫자 사고력은 안쓰러운 수준이었음에도 살아가기 위한 필수이기에 숫자를 끈질기게 읽기 시작했고 친해지려 노력했다. 포기하지 않은 덕분에 이제 내 호주머니에 든 돈을 진지하게 다루며 산다.

마음 편안한 예산 생활

예산을 세워 가이드에 따라 돈을 쓰는 생활은 단정하다. 자주 꺼내 쓰는 물건만 남기고 깔끔하게 정돈한 뒤 언제든 필요한 물건을 쉽게 찾아내는 편리함과 닮았다. 어디에 얼마큼 쓰는지 금방 파악할 수 있고, 불필요한 물건에 돈을 빼앗기지 않는다. 가계 예산을 세우기 전, 먼저 내가 일 년에 얼마를 어디에 쓰는지 파악해야 하지만 꼭 지난 소비 습관을 기준으로 삼지 않았다. 이 순간부터 낭비벽 없는 새로운 나로 태어나겠어, 그렇게 다짐하고 새로 가계 예산을 잡아보는 것이 더 나은 경우도 있다.

우선순위는 무조건 얼마를 저축할지다. 나의 수입을 고려해 가장 먼저 미래를 위한 돈을 떼어놓는다. 생활비는 그

다음이다. 모두가 입 모아 말하는 저축의 기본 원칙을 나 또한 충실히 따르고 있다.

내가 처음 예산 생활을 결심했을 때, 한 달을 소비 기준으로 삼았다. 생존 필수인 고정비나 식비는 지킬 수 있었지만, 연간 운동 강습료, 공연은 선예매가 많으므로 월 예산을 책정하자니 계산이 복잡했다. 생존 비용은 월 예산으로 쓰되 기호 소비는 연간 예산이 알맞아서 여가, 문화비 등은 1단계 비상금 저축에서 할애해 사용하고 있다. 비상금 잔고는 그해에 벌어들이는 그만큼의 수입을 고스란히 채우며 내년을 대비한다.

나의 예산 가이드

월별 예산	고정비	주택관리비, 세금, 공과금, 교통비, 통신비, 보험료.
	식비	장보기 비용과 개인 외식으로 월 단위 비용.
	사교비	친교 목적의 비용으로 한 달 단위로 금액 책정.

연간 예산	의류, 잡화비	옷, 화장품, 생필품.
	병원비	정기검진과 사소한 질병 치료 비용. 갑자기 큰 비용이 드는 치료를 해야 한다면 보험과 비상금 사용.
	문화비	책, 공연 티켓 구입.
	경조사비	명절, 생일, 축의금, 부의금.
	여행비	올해 계획에 따라 비용 결정.
	레슨비	운동이나 취미 수업.
	예비비	전체 예산의 15%.

예산을 살피며 마치 부르주아처럼 생활한다고 즐겁게 흥얼거린다. 책정한 예산이 많지 않지만, 초절약 시절과 비교했을 때 지금은 원하는 것을 적절히 하는 호사를 누린다. 플러스가 되는 생활을 위해 극도로 소비를 줄였을 때에는 생존비용을 제외하곤 문화 암흑기를 보냈다. 국립박물관 무료 전시로 버티며 낭비벽을 치유하고, 예산 생활을 위한 비상금도 마련했던 그 시절은 딱히 그립지 않다. 과소비하던 시절도 마찬가지. 하루 종일 돈 쓸 궁리를 하거나 모을 궁리만 했던 내가 진짜 삶을 즐기는 법을 알 리 없었다. 돈은 어디까지나 삶의 유용한 도구가 되어야 한다. 매월 표에 지출액을 입력하면 자동으로 연동되는 예산 소진율을

살피며, 돈을 어디에 얼마나 썼는지 확인하는 것. 부족한 예산은 남는 예산에서 이동시키는 등 정해진 지출 비용 안에서 자유롭게 사용하는 지금, 돈은 스프레드시트를 열어볼 때 떠올리는 문제가 되었다. 살기 위해 얼마가 필요한지 알고 관리하고 있기에 돈 걱정은 단순해진다. 돈 문제는 스프레드시트에 맡긴 채 나는 돈과 무관한 생각들로 하루를 채운다.

가계부 쓰는 날

휴대폰 요금 17,540원, 인터넷 요금 13,884원. 월말에는 다음 달을 위한 예산 점검에 들어간다. 새로 표를 만들고 매달 고정비의 숫자를 복사해 칸에 붙여 넣을 때마다 더 저렴하게 사용할 순 없는 건가 메모해둔 계약일을 확인한다. 계약 갱신일에 프로모션이 있다면 그 혜택을 거머쥐리라. 나는 푼돈 아끼는 데 탁월한 기량을 가꿔나가고 있다. 무관심 속에 불필요하게 새어 나가는 돈처럼 아까운 게 없어서 아무리 고정비여도 감시하고 또 감시한다. 가계부의 쓸모는 파수꾼 역할이지 나의 소비 행태를 기록하고 기념하는 용도는 아니다. 용돈기입장처럼 수입과 지출을 쓰고 무엇을 얼마에 샀는지 적었던 가계부를 계속 쓰지 못했던 이유는 하나였다. 내가 이걸 왜 쓰고 있는지 목적이 불분명했기 때문. 쓸모없는 기록은 시간 낭비처럼 느껴졌고, 적어둔 것 역시 신용카드 청구서와 다를 바 없었다. 지금의 가계부는 예산을 지킨다는 목표가 있으니 자연스레 중요해진다.

가계부 표에는 고정비와 마음먹으면 소비를 줄일 수 있는 변동지출을 구분해서 각각 합계를 낸다. 두부 한 모, 레몬 한 개의 개별 금액을 적지 않고, 모두 식비 안에 총 금액으로 적는다. 전자책 캐시 충전도 마찬가지로 결제일과 상관없이 하나로 모은다. 사교비는 어떤 만남에서 얼마를 썼는지를 따로 기록한다. 각 소비의 성격마다 색상을 달리 지정하여 한눈에 구별할 수 있도록 했다. 예산에 맞춰 돈을 쓰고 있는지 월별 총 소비 금액을 합산한 표를 따로 만들었고, 전체 예산과 남은 예산을 쉽게 파악할 수 있도록 소진율 수식도 걸어두었다.

내가 만든 가계부는 월을 제외하고 세부 날짜가 없다. 예산을 지키는 것이 중요할 뿐 어느 날 어디에 얼마큼의 돈을 썼는지 크게 신경 쓰지 않는다. 무엇보다 일상 소비가 간결하여 가계부를 여는 날은 일주일에 두어 번 정도로 드물다. 매일 돈을 써야 하는 기호품이 없고, 오래 쓸 물건 하나를 살 때면 느린 소비를 한다. 오랫동안 나는 소비 기계가 아닐까, 그런 생각을 했다. 쇼핑백을 손에 가득 쥐고 집에 돌아와 피곤한 몸으로 포장조차 풀지 않은 날이 분명 있었다. 요즘은 택배 오는 날도 무척 드물고, 정말 필요한 물건이 있을 때 쇼핑몰에 갈 뿐이니 가계부 쓰는 날이 자주일 리가. 이 모든 변화에 아무 스트레스가 없다는 점이 가장 좋다. 해야 해, 해야지, 하는 마음 없이 나는 가계부를 어쩌다 한번 쓰며 산다. 몇 년간 표에 기록하며 다듬고 나를 질책했던 수련의 결과다.

월별 비교표

	예산	소진비율	1월	2월	3월	소비 합산	남은 예산
고정비	3,000,000	16%	255,854	235,304		491,158	2,508,842
식비	6,000,000	14%	432,700	389,000		821,700	5,178,300
개인 필수품, 잡화, 미용, 의류	2,000,000	3%	55,550	11,900		67,450	1,932,550
사교비	1,000,000	12%	81,468	41,000		122,468	877,532
문화비	1,000,000	13%	116,674	15,700		132,374	867,626
병원비	500,000	15%	77,000	0		77,000	423,000
여행비(국내)	500,000	0%	0	0		0	500,000
경조사비	1,000,000	50%	500,000	0		500,000	500,000
레슨비	1,500,000	0%	0	0		0	1,500,000
예비비	2,475,000	0%	0	0		0	2,475,000
총계	18,975,000	12%	1,519,246	692,904		2,212,150	16,762,850

이로운
쇼핑 리스트

오래 써야 하기에 오래 고민한다. 나는 언제나 고심 끝에 고른 최소의 쓸모 있는 물건으로 채운 생활을 동경해왔다. 쉽게 사고, 그냥 버리지 않았으면 좋겠다. 그런 마음으로 물건 들이는 일을 신중하게 하다 보니 '쇼핑 리스트 스프레드시트'를 만들게 되었다. 장보기 목록과는 비슷한 듯 다르다. 쇼핑 리스트에는 천천히 소비하겠다는 조심스러움이 적힌다. 기존의 물건에서 불만족스러웠던 점을 개선하는 조건, 얼마큼의 돈을 들일지, 사고 싶은 물건 후보군을 적는다. 관리비, 폐기 방법과 비용을 검토한다. 물건의 순환을 고려해 나름의 지속 가능한 소비를 하고 싶다.

몸에 직접적인 혜택을 주는 신선한 먹거리나 꽃, 싱싱한 허브처럼 마음에 평온을 부르는 식물, 지적 탐구를 위한 경험처럼 증발해버리는 기간 한정 소비는 크게 고민하지 않는다. 대신 유행 타지 않는 편안하고 질 좋은 옷, 영원히 쓸 수도 있을 법한 식기처럼, 두고두고 사용할 물건이나 빗자루와 최신형 청소기 사이에서의 갈등이라면 표에 정리한다.

어느 날 설거지 중에 손이 미끄러져 하나뿐인 도자기 소재 면기를 깼다. 면기는 반드시 필요했기에 쇼핑 리스트 '필요한 것' 목록에 원하는 그릇의 조건을 적었다. 안 깨지는 소재는 없는 건가, 쓰다 보니 유기가 떠올랐다. 금속이라서 재활용 가치가 높은 점도 마음에 들었다. 보온 보냉에 탁월하고, 깨지지 않으니 평생 쓸 수 있다는 점도 매력

쇼핑 리스트 스프레드시트

	날짜	구분	수량	필요한 이유		아이템
식	7/31	옻칠 수저	1벌	저렴한 옻칠 수저는 금방 표면이 벗겨졌음.	해송공예	
의	6/23	요가바지 여름용	1장	몸에 달라붙지 않는 요가복이 절실함.	룰루레몬 Fast and Free Tight 24 BLK/M	

적이었다. 무겁고, 변색될 때 신경 써서 닦아줘야 한다는 유기의 번거로움은 앞선 조건이 마음에 들어 감수할 만했다. 나는 다소간 집요한 구석이 있어서 이렇게 산 유기 그릇을 '구입한 것' 목록에 정리한다. 나의 선택이 옳았는지 궁금한 데다 혹여 나중에 다시 사야 할 경우가 생기면 참고할 목적이다. 우습게도 내가 가진 물건의 연대표처럼 느껴져 표 자체에 묘한 소유욕이 생긴다.

버는 돈보다 쓰는 돈이 적다면 별다른 노력 없이 통장에 돈이 쌓인다. 자고 일어나면 필요한 것이 생기는 세상에서 내 것이 아닌 욕망을 억누르는 일이야말로 일상 수행이다. 온갖 불안을 돋우는 세상의 목소리가 말하는 필요한

피드백	가격	구입 장소	관리법
사용감 만족.	50,000	리빙앤라이프 스타일 페어	주방 세제를 이용해 부드러운 스펀지로 닦기. 물기를 닦아 보관하기. 삶거나 불 옆에 놓지 않기. 식기 건조기 쓰지 않기.
입었을 때 정말 편함. 요가복의 에르메스란 수식어를 알겠음.	184,000	롯데본점 2층	

물건, 조금 더 편리하고자 사서 들이지만 삶이 더 복잡해지는 획기적인 상품, 실상 아무것도 아닌 내가 뭐라도 된 듯한 느낌을 주는 사치품, 경쟁자가 앞서 달려나갈 때의 박탈감과 초조함을 쓸데없는 물건으로 잠시 달래는 순간처럼 위험 요소는 널려 있다. 이런 모든 경우의 수 혹은 불필요한 소비에 대한 변명을 인생에서 빼는 확실한 방법은 더 높은 가치를 떠올리는 것이다. 내 경우에 많은 짐을 관리해야 하는 귀찮음, 더 크게는 나의 무분별한 소비가 환경에 얼마큼 악영향을 미칠지 생각한다. 사진으로만 보았던 귀여운 북극곰의 터전보다는 내가 마시는 오염된 공기, 물로 인한 질병, 그에 따르는 고통을 떠올린다. 가치관이 바뀌고 난 후에야 쇼핑에서 즐거움을 찾지 않는다. 물건을 탐했던 과거가 내게 알려준 교훈은 오래 사용할 소수의 질 좋은 물건을 제외하면 필요가 아닌 오락이라는 점이다. 쇼핑 리스트는 '필요한 것', '구입한 것', '반복 구매' 총 세 가지로 나눠 정리한다. 이로운 삶에 필요한 느리게 물건 사기. 어쩌면 돈을 아낀다는 작은 이득보다 지구를 아끼는 더 큰 이득 때문에 계속하는 쇼핑 기술인지도 모른다.

뿌리와 날개 만들기

통유리창이 있는 카페의 바에 앉아 분주히 오가는 사람들을 가만히 바라본다. 저마다 다른 생김새만큼 다른 가치를 믿고 살아가겠지. 가치관이란 행복만큼 많이 소비되어 식상한 단어로 여겨지나 실상 나의 가치관을 구체적으로 뜯어본 적은 없었다. 어떻게 살아야 하는가는 한때 나의 심오한 물음이었음에도 어떤 가치를 가장 크게 여기는지 몰랐다. 태어난 지 삼십 년이 넘을 때까지 가치관이 명확하지 않았기에 주변의 말에 흔들리며 나는 불안했고 슬펐으며, 잘나 보이는 사람들을 시샘했다. 요즘은 매일이 삶의 균형을 잡기 위한 노력이라 여긴다. 균형 감각은 가치관이라는 저울 위에서 생긴다.

최고의 작은 생활, 사는 목적은 존재 그 자체. 인정보다 만족, 과욕보다 평온, 소유보다 경험처럼 예전과 다른 가치를 지닌 뒤로 얼굴에 그늘이 걷혔고 전보다 쾌활한 태도를 지니게 되었다. 마음가짐이 달라져서 그런지 삶의 만족점이 낮아졌다. 사소한 행복, 그러니까 보송보송한 면 이불에 몸을 비비는 고양이 같은 기분을 쉽게 느낀다. 머릿속 꽃밭처럼 정신 승리에 불과하다면 오래가지 못했을 거다. 탄탄한 현실, 생존 자본이 받쳐주니 가능했다. 내 몫의 삶을 사는 데 필요한 안정감의 크기를 정할 때 남의 주머니 속 돈은 내 알 바 아니었고, 내 삶 내 돈만 신경 썼다. 물론 이 시대의 보편적 생존 문법에 따라 집-현금-보험-연금을 차근차근 준비하는 방향이었다.

책 『여자들에게, 문제는 돈이다』에서 '뿌리'와 '날개'의 개념을 처음 알게 되었다. 뿌리는 중요한 기본 자산이자 장기투자 자금으로 부동산, 주식, 채권, 본인 소유 회사나 은퇴자금 등을 의미한다. 쉽게 현금화할 수 없고, 오랫동안 관리해줘야 하는 자산을 의미한다. 시간이 지날수록 가치가 성장하여 경제적 안정을 누릴 수 있도록 돕는 기반이다.

날개는 바로 현금화할 수 있는 자산을 의미한다. 규칙적으로 발생하는 소득 규모와 돈 쓰는 습관에 달려 있다고 한다. 내게 안정감을 안긴 가장 큰 뿌리는 집이다. 내 집 마련에서 고려한 것은 무면허 뚜벅이로 평생 살아가기 위해 대중교통이 좋은, 혼삶에 맞는 작은 주택이었다. 주택 가격은 내가 혼자 평생 월세를 산다고 가정했을 때 지금 시세로 얼마가 나오는지 계산해 기준으로 삼았다. 은퇴자금처럼 기대수명이 기준이다. 앞으로의 월세를 일시불로 지불한 내 집이 생기자 '부동산 스프레드시트'를 만들었다.

자산 관리 스프레드시트

은퇴 목표 금액		집	₩0
현재 금액(현금)		보험	₩0
주식			
퇴직연금(IRP)			
달성률	OO%		

			2020	비고
Roots	부동산	전용면적 OOm2 / 토지면적 OOm2		
	국민연금	총 가입 기간 OOO개월		기본 조건 충족
	퇴직연금(IRP)			
	주식 A			
Wings	저축			
	주식 B			
Insurances	보험 A	누계 적립금		
	보험 B	누계 적립금		

전용면적, 토지면적, 매매 가격의 기본 정보와 납부한 대출 이자, 취득세처럼 들인 비용을 정리한 표다. 여기에 재산세를 기록하는데, 이와 동시에 '서울시 부동산 정보광장'에서 집값 추이를 확인하며 일 년에 한 번 표에 업데이트하고 있다. 이사 가지 않고 계속 살기가 기본 방향이나 미래는 모르기에 꾸준히 상황을 파악한다. 연금 역시 뿌리에 해당한다. 오랜 회사원 생활을 하며 납부한 국민연금과 주택연금, 그리고 얼마 전부터 불입하기 시작한 개인형 퇴직연금(IRP)으로 준비하고 있다.

보험 역시 중요한 뿌리다. 가지고 있는 보험은 증권을 이해하기 편하도록 내게 맞는 표로 정리했다. 상세 약관을 읽어보며 알아두어야 할 내용은 표에 메모해둔다. 일종의 자습도 되고, 내가 가입한 보험 상품에서 부족한 부분을 파악해 향후 보완할 수 있다. 이십대 초반에 들어놓은 보험을 해약하지 않고 쭉 가지고 있다. 보장 범위도 넓고, 보험료도 오르지 않는 상품이다. 보험은 병원에 다니지 않을 때, 나이 어릴 때 들어놓으라는 조언은 유용했다. 이십대 때는 병원 갈 일이 없으니 돈이 참 아까워서 해지 유혹을 자주 느꼈다. 몇 년 후 아팠을 때 만약 보험을 해지했다면, 하는 생각에 아찔해졌다. 일생을 설계할 때 '나는 그렇지 않을 거야.'라는 근거 없는 자기 확신보다 최악을 가정하고 위험에 대비하는 편이 언제나 나았다. 생존에 필요한 기본을 갖추자 근거 있는 안정감이 생긴다. 이제 뿌리를 더 튼튼하게 만들어주고 내게 날개를 달아줄 돈을 체계적으로 모을 차례다.

날개의 이름,
저축

만기 예금을 찾는다. 내가 탄 이자는 푼돈이라 여길 만큼 작은 돈이다. 사랑스러운 푼돈 같으니라고. 여기에 돈을 더 보태서 고금리 특판 예금에 재가입시킨다. 저축 상품은 쇼핑과 비슷하다. 어느 쇼핑몰에서 같은 물건을 더 싸게 파는지 최저가 검색에 열을 올리는 것처럼 어느 은행이 나의 돈을 최고가로 사갈지 정보를 모은 다음 그 상품을 사면 된다. 저축은 별다른 머리를 쓰지 않아도 되는 가장 심플한 투자이고, 매우 적은 수익을 돌려준다. 목돈 모으기에는 저축이 가장 쉽고도 빠른 길이지만, 초저금리 시대에는 저축만 움켜쥐고 있으면 돈의 가치가 떨어질 수 있으니 궁극적으로는 공격적인 투자를 해야 한다(고 한다). 나는 작은 집을 사느라 낸 빚을 모두 갚고, 종잣돈을 모으기 시작했다. 자유의 시간을 앞당기고 싶기에 금융 상품을 자주 찾아보고 경제 신문도 매일 읽는다. 저축과 함께 소액으로 주식 투자를 시작하며 실전 경험을 쌓고 있는데, 많은 공부가 필요한 세계임을 순간마다 느끼고 있다.

그동안 관심 부족으로 이재에 밝지 않았던 나는 여전히 절약과 저축의 의존 비율이 높다. 저축은 성실히 약속한 바를 이행하고, 주식처럼 변덕을 부리지 않는다. 일관성은 신뢰의 재료다. 물론 드라마틱한 숫자 변화가 없고 한결같이 가난한 수익을 낸다. 우대금리를 받으려면 여러 요구사항을 충족시켜야 한다. 대신 은행이 망해도 나라가 망하지 않는 한 일정 금액은 예금자보호법에서 보장한다. 세금 15.4%는 만기일마다 납부해야 하지만. 물론 ISA계좌처럼 면세 계좌도 있으나, 계좌 관리 수수료가 있다. 이 모든 걸 적어두고 확인할 곳은 언제나 스프레드시트다. 정리하다 보면 금융 상품에 대한 이해력, 구조 파악, 관리력이 조금씩 발전함을 느끼는데, 쉬운 상품에서 시작해서 조금씩 더 까다로운 상품을 해석하고 투자하겠다는 방향성을 가지고 있다.

표에는 내가 가진 전 계좌의 저축액이 관리되고 있다. 요즘 오픈뱅킹이 일반화되어 타은행의 계좌를 주거래 은행에서 잔고를 불러와 확인할 수 있지만, 그보다 내가 만든 표 하나에 모아두고 한눈에 보는 쪽이 동기부여가 된다. 가계부를 열 때마다 계좌 순찰을 한 번씩 돈다. 순찰이라 함은 거래하는 은행, 증권사 계좌를 확인, 잔고가 잘 있는지

저축 스프레드시트

		금리	만기일	실제 잔액	만기 금액	
현금						
A은행 (급여 통장)						
B은행						
C은행						
A증권사	CMA-RP	3%				100만 원까지 연 금리.
A은행	청약통장	1.5%				
	예금 1	2.14%				
	적금 1	2%				
B은행	적금 2	5.1%				5일 자동이체(우대금리 혜택)
C은행	적금 3	3.2%				27일 자동이체 + 우대 1%
	적금 4	5%				5일 자동이체 + 우대 1%
	예금 2	2.14%				
A증권사 ISA 신탁형 (면세 계좌)	예수금 RP계좌	-				
	예금 3	2%				* ISA 신탁형(수익금 200만 원까지 비과세, 초과금액 9.9% 분리과세) *계좌 관리비 : 신탁원본평균잔액 X 연 0.05% * 매년 2월 마지막 영업일
현금						
주식						
퇴직연금(IRP)						
TOTAL						

확인한다는 의미다. 이자가 얼마나 붙었는지, 주식 손익률은 얼마인지 일일이 손으로 입력해 표에 업데이트한다. 총금액이 올라갈 때의 뿌듯함은 돈 모으는 재미를 주고, 훗날 만기에 찾을 수 있는 예상 금액을 눈으로 매번 확인하므로 예적금을 해지하고 싶은 욕구를 누를 수 있다. 자유를 위한 은퇴 자금 총액을 적어두고 나의 저축액을 연동시킨다. '달성률' 수식을 설정해두고 숫자가 약간씩 오르는 걸 보며 선택의 자유가 생기는 날을 꿈꾼다.

오래전 다녔던 회사는 업무 강도가 세서 퇴사하는 사람이 많았고, 업무를 견디기 위해 큰 빚을 지는 것을 농담처럼 추천하는 분위기였다. 퇴사 욕구가 치민다고 내뱉듯 말하는 사람에게는 집을 사라고 누구나 아무 생각 없이 가볍게 말하곤 했다. 그 당시 직장 선배 한 명은 일의 동기부여를 위해 이미 집은 있었기에 값비싼 자동차를 사며 빚을 내고 마음의 안정을 찾기도 했다. 나는 빚을 지는 방법보다 돈을 모으는 쪽에 마음이 간다. 의미를 찾지 못한 돈벌이의 쳇바퀴에서 빠르게 해방되는 길은 돈을 충분히 가질 때이다. 버티기 위한 빚이란 강제성보다 확실한 저축액으로 조금씩 자유로워지는 기분을 만끽하고 싶다. 빚은 마음을 무겁게 하고, 저축은 마음을 가볍게 한다.

돈 버는 일을 하다 숨이 막히면, 표의 달성률을 본다. '괜찮아, 조금씩 자유 자금이 쌓이고 있어.' 확인하고 다시 기운 내서 통장에 입금시켜 주는 일에 몰두한다. 나는 분명 "여러분은 병들 날에 대비해서 돈을 모으려고 노력하다 병이 들고 만다. 낡은 장롱이나 벽 뒤에 숨겨둔 양말 속, 또는 좀더 안전한 벽돌로 지은 은행에다 넣어둘 돈을 벌다가 병들고 만다."는 책 『월든』 속 헨리 데이비드 소로의 말을 천금처럼 아꼈지만 결국 이 시대의 보편적인 삶의 경로를 벗어나지 못했다. 내가 사는 이곳은 나의 의지와 상관없이 돈으로 돌아가고 있다.

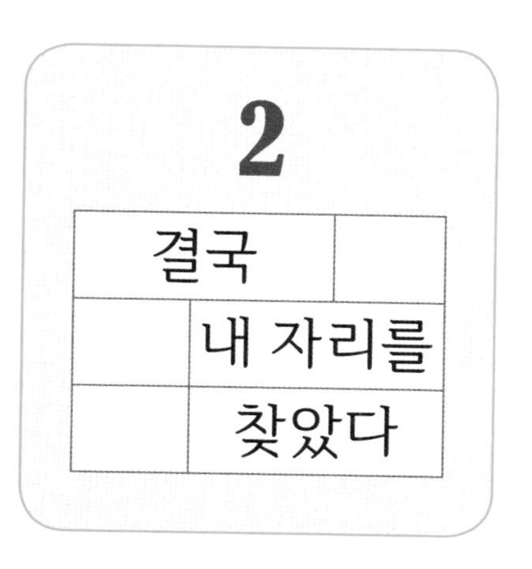

우리는 피드백을 통해 성장하고,
변화하며 최선으로 나아간다.
그중 내가 자신에게 하는 피드백이 먼저다.

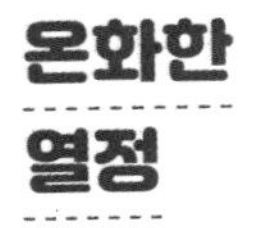

"나는 내가 좋아하는 일을 계속했고, 그래서 나의 자리를 찾았다."

" I just kept doing what I like, So I found my place."

디뮤지엄 전시 〈I draw : 그리는 것보다 멋진 건 없어〉에서 알게 된 로봇을 그리는 아티스트 '소라야마 하지메'의 말이 잊히지 않았다. 삶의 1순위는 그림이고, 이를 위해 체력 단련을 한다는 그의 '좋아하는 일' 중심의 삶. 좋아하는 일이란 삶의 의미와도 맞바꿀 수 있는 말 아닐까. 무엇을 위해 밥을 먹고, 아침에 눈을 뜨는지 분명하길 바랐다. 열정을 갖는다는 것, 즐겁게 살기 위해 반드시 필요한 연료였지만 과로, 스트레스, 갈등처럼 온갖 이물질이 섞여 들어가면

순수했던 열정은 조금씩 소멸된다. 나중에 알아챘지만 업에 있어 열정의 참모습은 화르르 불타는 뜨거움은 아니었다. 내가 여러 산업 분야를 넘나들며 관찰한 자기 자리를 만든 프로들의 온도는 예상과 달랐다. 30년 넘게 한 업계에서 건강한 직업의식을 갖고 커리어를 쌓는 이들에게 열정이란 무척 온건한 온도였다. 감정기복이 심하지 않고, 오늘도 내일도 같은 자리를 지키는 모습이었다.

> 삶의 기술에 통달한 사람은 일과 놀이, 노동과 휴식, 몸과 마음, 훈련과 오락을 뚜렷이 구분하지 않는다. 무엇이 어떤 것인지 거의 알지 못한다. 그는 무슨 일을 하든 그 안에서 탁월성에 대한 비전을 추구할 뿐이고, 자신이 일을 하고 있는지 놀고 있는지에 대한 결정을 다른 사람에게 맡긴다. 스스로에게 그는 항상 양쪽을 하고 있는 사람이다.
>
> _ 이본 쉬나드, 『파타고니아, 파도가 칠 때는 서핑을』, 라이팅하우스

무엇보다 그들에게 내가 삶에서 그토록 나누고자 했던 일과 휴식, 놀이, 배움의 경계는 모호했다. 소위 말하는 '덕업 일치'다. 좋아하는 일이든 어쩌다 보니 하고 있는 일이든

업에 있어 자기 체력 관리, 멘탈 관리 착착 하면서 적은 시간을 투자해 생산성을 높이고, 즐겁게 일하다 보니 어느새 돈이 따라온다는 느낌을 누구나 바라지 않을까? 번아웃을 예방하고자 주기적으로 휴식을 취하고, 일이 물 흐르듯 진행되어 결과적으로 프로젝트가 성공하는 결론. 이런 이상적인 업무력을 갖고 싶지만 왜 나는 그토록 게으르고 하기 싫어 병에 걸리고, 사무실에 오면 어제 계획과 달리 오늘 생각지도 못한 일이 끼어드는지. 어떤 절망적인 상황에서도 업무 관리표를 확인하며 마음을 다스린다. 내 머릿속은 혼란스럽지만 표에 적힌 일의 순서에는 질서가 잡혀 있고, 마감일은 언젠가는 끝난다는 희망이 담겨 있다. 직업인으로서 나는 어디에서 어떤 일을 하든 스프레드시트로 프로젝트별로 세분화한 로드맵을 만든다. 구글 킵으로 구체적인 할 일 목록을 만들어 순서대로 하나씩 일을 해나간다. 이러한 생산성 도구는 비서 없는 평사원과 관리자 없는 프리랜서에게 최고의 업무 파트너이다.

'아, 또 망했다.'라는 생각이 들 때에도 로드맵과 체크리스트를 보며 지금 할 수 있는 일부터 다시 시작한다. 실패

의 민망함에도 불구하고 낯이 두꺼워지는 것. 완벽주의와 평가받는 두려움을 점차 극복해나가는 것. 오늘 표에 적힌 딱 이만큼만 해내고 내일 또 이어 하는 융통성까지. 중요한 일과 급하진 않지만 해야 하는 일을 일목요연하게 정리해 둔 표처럼 차가운 머리를 갖고, 호기심을 잃지 않는 온화한 마음으로 계속 일하고 싶다.

나를 놓아버리지 않는다

엄마는 '되는대로 살겠다'는 말을 가장 싫어했다. 누군가에게는 낙천적으로 지금을 즐기며 주어진 운명에 순응하겠다는 겸허한 태도였지만, 엄마에겐 그건 삶을 놓아버리고 생각 없이 사는 미련한 모습이었다. 결국 흘러가는 대로 살아지는 거라 덤덤한 마음을 갖다가도 문득 엄마의 성난 얼굴이 떠올라 '그래, 나를 놓아버리면 안 되지.' 하는 마음으로 연말이면 다가오는 미래를 설계한다. 불가항력을 제외하고 알 수 없는 앞날의 실체는 매순간 나의 선택의 결과였고, 내가 하는 대로 대부분 돌려받았음을 기억한다.

책 『그릿』에 워렌 버핏의 우선순위 정하는 법이 나왔

다. 직업상 목표 25개 쓰기, 그중 가장 중요한 목표 5개에 동그라미 치기, 나머지 20개는 무슨 수를 써서라도 피하라고 한다. 시간과 에너지를 빼앗겨 더 중요한 목표에 집중할 수 없게 한다는 이유다. 나는 그보다 덜 신경 쓰고 싶으므로 '연간 로드맵'에는 세 가지로 제한한 목표만 있다.

연간 로드맵

- **해내기 : 직업과 관련된 주요한 목표로 최대 세 가지만.**
- **배우기 : 미지의 분야 딱 한 가지.**
- **훈련하기 : 매일 가볍게 할 수 있는 교양 쌓기로 최대 세 가지.**

한때 비전을 제시하는 완벽한 계획을 세우고자 분야별로 단기, 중기, 장기 계획을 세우곤 했다. 이제 먼 미래의 계획까지는 글로 적지 않는다. 치밀한 계획을 세워봤자 한 번도 지킨 적 없고, 볼 때마다 마음만 조급해졌다. 미래를 설계하면서도 지금을 사는 법이란 당장 할 수 있는 일만 글로 남기는 데 있다. 다음 단계는 그 일을 해낸 미래의 내가 알고 있다. '해내기'로 정한 일만 월별 실행 방안을 정리하고 한 해 계획을 마무리 짓는다. 느슨한 로드맵은 누가 안부를 물을 때면 늘 한가하다 대답하는 나와 닮았다. 바쁘게 살려고 노력했던 과거와 헤어진다. 바쁘지 않으면 호기심을 느낄 마음의 여유가 생긴다. '저는 안 바빠요. 계속 안 바쁜 채로 살 거지만 그래도 새로운 일에는 언제나 눈이 빛난답니다.' 이런 마음으로 할 일은 하고 있지만 어쩐지 마음 한구석은 한가한 상태다.

끝없는 할 일이 주는 안정감

'해내기' 목록은 생존을 위한 밥벌이로, 우선순위가 매우 높아서 따로 적어두지 않아도 잊지 않는다. 그럼에도 기록으로 남기면 늘 확인하여 목표를 되새김할 수 있고, 단계별 일정에 따라 매일 해야 할 양을 계산할 수 있다.

'해내기' 목록

- 본업 : 회사원 또는 독립근무자로서 생계를 책임지는 일.
- 부업 : 혼자 창의력을 발휘하는 일 하나, 내게는 글 작업.
- 미래업 : 경제적 자유가 생기면 돈과 상관없이 삶의 재미를 위해 하고 싶은 일.

세 가지 업에서 올해 반드시 해낼 목표 한 가지만 적고, 실천 방법에는 숫자를 넣는다. 부업인 개인 글 작업을 예로 들자면 '단행본 출간하기'를 목표로 세운 다음 〈1단계 : 자료 및 글감 수집, 일주일에 책 한 권〉, 〈2단계 : 매일 원고 한 꼭지 작성하기(완성된 원고를 쓰지 못하는 날도 당연히 있지만 매일 쓴다는 리듬 잃지 않기)〉, 〈3단계 : 하루 한 꼭지 고쳐 쓰기(퇴고 작업)〉처럼 말이다.

보통 본업에서 심한 압박감을 받아 '지금 하는 일은 내가 진짜 원하는 게 아니야.' 하며 괴로울 때, 원하는 일을 부업으로 삼았다. 돈벌이가 되는 익숙한 일 말고 설레는 일을 하고 싶다는 마음으로 미래업을 그려보면 즐거워졌다. 결국 당장 할 일이 있다는 자체가 안정감을 주고, 어디에서든 내 자리를 만들 수 있다는 자기신뢰는 오늘도 내 자리에서 일하는 것에서부터 온다.

머리로는 잘하고 있다고 격려하지만, 일이 뜻대로 풀리지 않을 때면 마음이 힘들다. 침대에 누워 눈을 감고 나의 힘듦을 마주한다. 다시 나를 믿고, 지금 할 일을 하자는 다짐을 반복한다. 마음이 가벼워지면 스프레드시트의 로드맵을 훑어보며 다시 정해놓은 일을 한다. 몸을 움직이자 기운이 난다. 언제나 '이것만 끝나면, 그것만 해내면….' 조건을 걸고 버티는 태도가 그동안 나를 상처입혔다. 할 일 목록은 살아 있는 한 끝나지 않고, 할 일을 해나가는 과정 자체가 삶이었다.

> 오랫동안 나는 진정한 삶이 곧 시작되리라고 믿었다. 그러나 내 앞에는 언제나 온갖 장애물과 먼저 해결해야 할 일들이 있었다. 아직 끝내지 못한 일들과 바쳐야 할 시간과 갚아야 할 빚이 있었다. 그런 다음에야 삶이 펼쳐질 것이라고 나는 믿었다. 마침내 나는 깨닫게 되었다. 그런 장애물들이 바로 내 삶이었다는 것을.
>
> _알프레드 디 수자

해내기의 목표를 달성했다면 내게 축하를 보낸다. 동시에 마침표가 아닌 쉼표임을 알려준다. 로드맵에 적힌 방향대로 천천히 걷다가 다음 길을 안내하는 이정표를 만난 순간임을. 조금 숨을 골랐다면, 이어서 걷는다.

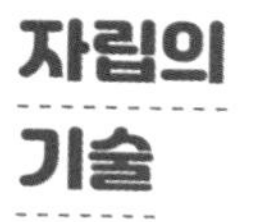

일 년에 딱 하나 새로운 분야 배우기. 대학 때 교양 과목 수강하던 것처럼 기초적인 지식을 일 년 동안 적은 시간과 비용을 들여 익혀본다. 새로운 것을 배우는 것은 세상을 사는 안목을 길러준다.

올해 나의 배우기는, 컴퓨터 프로그래밍 언어에 입문하기. 주말 일과표에 새겨진 하나의 목표다. 일정 시간을 들여 유튜브 강좌를 보고, 예제를 실습한다. 아직은 여러 언어를 훑어보는 단계라 시험을 봐야겠다, 무엇을 이뤄야겠다는 목적의식은 없다. 일 년 내내 느리게 학습해도 부채감이 없다. 수업 노트만 성실하게 정리해 필요할 때 검색해 찾아볼 수 있도록 공부 폴더에 모아두는 게 전부다. 컴퓨터 기술과 엮인 일을 할 때, 프로그래머와 쓰는 언어가 달라 소통이 어려웠던 기억이 나를 미지의 세계로 이끌었다. 밀레니얼 턱걸이 세대인지라 컴퓨터를 끼고 성장하긴 했지만, 쓸 수 있는 컴퓨터 언어라곤 원시 HTML이 전부였다. 주말에 잠시 만나던 새로운 세상이 친숙해지면, 의미 불명의 언어가 소리 아닌 의미로 들린다. 그들이 사는 세상이 1cm 가까워진다.

원래 나는 흥미 없는 분야는 알려 하지 않았다. 내 본업도 바쁜데 타 분야를 배울 시간이 어디에 있단 말인가. 전문가의 손길에 무조건 맡겼다. 하지만 내가 파악하지 못하면서 남에게 맡기고 내버려두면 일이 문제없이 돌아가는지조차 알지 못한다. 어느 정도 상식을 갖춰야 잘못된 부분은 바꿔달라 요청할 수 있고, 견적서에 바가지를 쓰지 않는다. 업무에서 비교 견적은 기본이고, 어떤 과정으로 일이 이뤄지는지 파악하지 못하면 일을 진행하지 않는다. 사생활도 비슷한 꼼꼼함이 필요함을 알았다. 믿고 내버려둔 죄로 손해봤거나 재수없는 일을 당했던 기억이 언뜻 스친다. 낯선 분야가 익숙해질 때까지 머리는 아프다. 그래도 깨닫고 나면 상쾌하다. 약간의 안목이 생긴다.

연초에 계획을 잡고 하는 배우기도 있지만, 살다 보면 갑작스럽게 배워야 할 일이 생긴다. 두 해 전, 세금 신고를 대강 해서 과한 세금을 납부했다. 물론 그 사실을 깨달은 건 이번 종합소득세 신고에서다. 우리말임에도 해석이 안 되는 전문용어로 가득 찬 세금 신고는 시작부터 스트레스였다. 이번에는 세무사를 찾아야겠다 싶었으나 수입이 크지 않았고, 마침 시간 여유도 있었기에 직접 해보기로 했다. 주말 이틀간 국세청과 인터넷에서 찾은 자료로 자습했고, 하루 동안 세 번의 수정을 거쳐 신고했다. 의뢰 비용을 아꼈다는 일시적 소득보다 세금의 구조를 이해하고, 관련 법령에 대해 미약하지만 상식을 얻은 것이 더 큰 소득이었다. 앞으로의 세금 신고를 위한 증빙 자료를 미리 모아두기 시작한 것도 자습 후의 변화다.

그다지 관심은 없어도 살아가는 데 필요하다면 눈을 크게 뜨고 집중한다. 자립의 가치를 높이 평가하는 내게 배움은 가장 적은 투자로 자신을 지키는 방법이다. 당연히 모든 분야에서 전문가가 될 순 없지만, 일을 맡길 때 전문가와 기본적인 말이 통할 정도의 상식을 쌓는 것이 내가 원하는 수준이다. 재미있어 보여서, 필요해서, 반쯤 억지로 하는 모든 배움은 생각의 안티에이징 비법. 배우고자 하는 의지를 지킨다.

조금씩 친해진다

"자기 계발 열심히 하시네요."

분명 지나가는 말이었다. 업무로 늦게까지 촬영을 진행했고, 스태프들과 늦은 저녁을 먹는 자리였다. 식사 자리의 한담 중에 돈을 어디에 쓰는지 이야기가 오갔다. 스태프 중 한 명이 나의 요가와 피아노 학원이라는 일과에 자기 계발이라 이름 붙인 것은 수업료에 대해 말했을 때다. 귀에 유독 낯설게 들렸던 자기 계발이란 단어가 나의 여가를 한번에 품는다. 요가와 피아노 모두 설레서 잠을 못 잘 정도거나 아침에 일어났을 때 오늘도 운동할 수 있어서 피아노를 연주할 수 있어서 감사하다는 마음은 없다. 연습의 과정은 고통이 더 많고, 나머지 반은 귀찮은 나를 다독여 학원에 보내는 부모의 마음이다. 물론 향상되었을 때의 기쁨이 가끔 찾아온다. 하면 좋은 일은 언제나 그랬다. 특히 예체능은 일반인에게는 어디까지나 취미의 영역이다. 내게 요가와 피아노는 어떤 이득을 얻기 위한 자기 계발이라기보다는 삶을 기름지게 하는 방식이었고, 커다란 목적 없는 일상 훈련이다.

올해의 '훈련하기' 목록

- 요가(빈야사 100회 수련, 1년)
- 영어 회화 1편, 칼럼 1편(1일)
- 한자(교재 반 페이지, 1일)

일종의 기초체력 다지기로, 하는 데 의의를 둔다. 정해진 분량을 해내면 만족할 뿐, 부족한 부분을 보충할 생각도 더 깊이 있게 파고들지도 않는다. 어느 날 영어 칼럼을 읽지 않으면 식사 후 양치를 하지 않은 듯 찝찝한 기분이 들고, 졸린 눈을 비벼가며 한자 책을 펼치고 공책에 한자를 써본다. 익숙해질수록 하지 않은 날이 빚으로 남는다. 내가 완벽하게 이해했는지, 이 부분은 부족하니 보충하자는 보완책은 훈련하기 목록에 필요치 않다.

열 번에서 스무 번 정도의 접촉 횟수를 가지면 상대방의 호의를 얻을 수 있다고 한다. 오랫동안 작은 집단에서 살았던 인간에게 낯선 외부인은 위협이었고, 낯익은 얼굴을 보면 경계심이 풀린다고. 책 『오늘부터 나는 최고의 컨디션』에서 찾은, 늘 새로운 사람을 만나야 하는 현대인에게 관계 맺기가 왜 스트레스를 유발하는지에 대한 설명은 새로운 분야를 배울 때도 적용된다. 많이 만날수록 친해지고, 많이 해볼수록 익숙해진다는 당연한 사실은 훈련의 기본이다. 더 잘하고 싶으면 훈련의 질을 올려야 하지만, 하루에 해내는 모든 일에 정성을 쏟을 수 없기에 나의 훈련 범위는 오늘도 만났는지, 그래서 친해졌는지가 중요하다. 매일 아주 적은 양을 할당한 뒤 해내는 재미를 맛본다. 그리고 오늘도 해냈음을 스프레드시트 일과표에 기록한다. 그런 하루가 쌓일수록 내 머릿속에 새로운 방이 생긴다. 적응을 마친 몸은 머리가 시키지 않아도 어느새 움직이고 있다. 단순 반복에서 한 단계 성장하고 싶다면 구체적인 목표를 정한 다음 해내기 목록으로 올려 보낸다.

'해내기, 배우기, 훈련하기' 목록은 나의 관심사 순환을 보여준다. 나의 성장 시스템은 이 세 가지로 구체화시켰다. 훈련하기는 가장 기초적인 단계지만, 재미를 잃지 않아야 오래 할 수 있다. 1년에 100회, 하루 반 페이지처럼 숫자로 분명하게 기준을 만든 최소 분량, 결과에 대해 자책하거나 평가하지 않고 단지 했는지 안 했는지만을 살피는 정도의 압박감. 매일 0.1mm씩 성장한다는 좋은 기분을 느끼는 방법이다.

일과표의 의미

나의 직업에 있어 기본값은 회사원이나 중간중간 안식년을 겸한 독립근무자 생활이 끼어든다. 이런 커리어 관리는 사회에서 좋은 점수를 받기 어렵지만 개인의 건강한 삶을 두고 보았을 때 적절한 쉼표는 분명 필요하다. 쉬지 않고 걷다 보면 쓰러지기밖에 더 할까(내 이야기). 내가 만약 다시 사회초년생으로 돌아갈 수 있다면 커리어를 계획할 때 안식년을 5년에 한 번 6개월 혹은 1년 쉬기라든가 이런 분기점을 정해놓겠다. 무엇이든 중간 도착 지점이 어디인지 알고 걸으면 목표 의식도 분명해지고 몸을 회복시키고 마음을 다듬을 수 있다.

회사원인 나의 평일은 업무 일정에 온통 시간을 빼앗기는 편이지만, 견디는 마음으로 하루를 살고 싶지는 않기에 적절한 휴식 시간을 안배하고 있다.

우선 하루를 여닫는 일을 의식적으로 아름답게 한다. 아침 6시에 일어나 모닝 요가 스트레칭을 하고 신선한 채소를 곁들인 아침식사를 한 시간가량 한다. '에너지 채우기'라 명명한 시간이다. 식사 준비와 뒷정리 시간까지 포함하여 출근 시간이 조금 촉박한 감도 있지만 아침에 에너지를 충전하고 하루를 여는 무척 중요한 의식이다.

보통 11시에 잠자리에 드는데, 그전에 한 시간가량 나를 다듬는 시간을 갖는다. 주 3회 요가 수업 혹은 동네 피아노 학원에 가서 피아노 연습을 한다. 아침과 밤에 고정해 놓은 일과가 내게 활력을 불어넣는다.

안식년을 겸한 독립근무자로 살 때는 촘촘하게 일과표를 짰다. 나를 관리하는 사람이 아무도 없고, 눈치를 살필 필요도 없고, 시간을 마음대로 쓸 수 있는 자율적인 상황은 공교롭게도 자유롭지 않다. 질서와 규칙이 없는 인간은 쉽게 망가진다. 주어진 모든 시간을 정성스럽게 사용하고

싶고, 여유로운 만큼 시간의 그물을 넓게 펼쳐 많은 물고기를 낚는 하루를 만들자면 가이드가 필요했다. 일과표는 시간표와 다른데, 내가 쓰는 시간에 이름을 붙이는 것이 핵심이다. 같은 일에도 의미를 부여하면 의무보다 재미가 생긴다. 아침 7시에 하는 일에 이름을 붙이면 그 시간이 내게 왜 필요한지 자신에게 상기시킬 수 있고, 그렇게 점점 빠트릴 수 없는 일과가 된다.

독립근무자의 일과표

오전

6시, 기상 : 침대에 누워 독서

7시, 에너지 채우기 : 명상 10분, 요가 스트레칭 15분, 아침식사

8시, 이성을 깨우는 시간 : 경제 신문, 영문 칼럼 읽기

9시부터, 창조적 업무 : 기획, 집필

오후

12시, 요리하는 점심 : 새로운 레시피의 집밥

1시, 세상 구경하기 : 볕 쬐며 산책 또는 온라인 강의 듣기

2시, 사교·행정적 업무 : 외부 커뮤니케이션이나 미팅, 서류 작업

6시, 퇴근 의식 : 집 안 청소, 간단한 저녁식사

7시, 트레이닝 : 피아노 학원 또는 개인 공부

8시, 요가원 : 빈야사 수련 100회 채우기 프로젝트 진행 중

9시, 몸과 마음 다듬기 : 샤워 후 가벼운 마사지, 허브티, 명상 15분

10시, 하루 마무리 : 굿나잇 독서

11시, 수면

오늘의 일과표에 해냈다는 동그라미를 그리는 것은 자잘하게 사는 재미를 안기고, 때때로 느껴지는 공허함을 축소시킨다. 가끔 꼼짝없이 갇힌 느낌이 드는 날에도 반쯤 우는 마음으로 일과표를 따르며 리듬을 찾는다. 일과표는 절대적인 것이 아니기에 상황에 따라 수정하고 더 나은 방법을 적용하기도 한다. 일감과 수입만 일정하다면 내겐 독립근무자, 재택근무 쪽이 자유로워 좋았다. 반쯤 일로 채우고, 나머지는 나의 호기심을 해소하고 몸과 마음을 관리하는 일상. 그야말로 일과 휴식, 놀이와 배움의 경계가 없다는 말을 몸소 경험하는 시간이었다. 물론 회사원인 지금도, 독립근무자로 살았던 나날에도 공통점은 있다. 어떤 형태

의 삶이든 결국 주어진 평일 하루의 시간을 정성스레 쓰니 밤 11시 무렵 오늘도 알차게 살았다는 기분으로 잠든다.

일과표 체크리스트

'일과표 체크리스트'는 로드맵과 하나의 스프레드시트에 모아져 있다. 로드맵이 큰 지도로 방향을 제시한다면 일과표는 로드맵의 세 가지를 행동으로 옮기기 위한 구체적인 지침이다. 거창하게 지침이라 표현했지만 실상은 스케줄을 확인하고 완료했는지 체크하는 표다.

일과표 체크리스트 만들기

- 스프레드시트 이름은 '5월'처럼 달로 표기한다. 매월 하나씩, 월별로 시트를 추가한다.
- 가로축은 날짜와 요일을 포함한 표를 만든다. 손수 만드는 달력이다.
- 세로축에 해내기, 배우기, 훈련하기의 상세 목표를 하나에 하나씩

순서대로 칸에 쓴다.

- 보통 하루를 마치면 내일 해야 할 범위를 미리 적어둔다(미해결 과제이므로 칸 색깔은 노란색으로).
- 내일보다 더 멀리 잡혀 있는 중요 일정도 표기해둔다(역시 노란색).
- 과제를 해결하면 칸의 색상을 하얀색으로 바꾼다.

여기까지는 기본 목록으로 로드맵에 있는 목표만 정리했다면, 오늘 처리해야 할 일을 한눈에 모아 보기 위해 독서, 생활, 기타 항목을 세로축에 이어서 추가한다. 읽은 책, 해야 할 청소, 사야 하는 생필품 같은 것을 잊지 않기 위해 적어둔 '투두리스트to-do-list'는 로드맵의 목표 칸과는 색상을 달리해 중요도를 구분 짓는다. 주변 환경을 깔끔하게 가꾸고, 제때 장을 봐서 냉장고를 채우고… 모든 일과는 소중하고 긴밀히 연결되어 있지만 아무래도 가장 많이 신경 쓰는 건 업무다.

요즘 시대의 일은 단순히 돈을 벌어 오늘 먹을 쌀을 사는 행위보다 더 많은 것을 담고 있다. 알랭 드 보통의 에세이 『슬픔이 주는 기쁨』, 일과 행복 편에 의하면 지금은 '정신 멀쩡한' 인간이 경제적 압박 없이도 일을 하고 싶어 하는 시대라고 한다. 과거에 노동이란 노예, 하인의 영역일 뿐이었고 일에서 자아를 발견하는 사람은 없었다. 그런데 지금은 다르다. 일은 밥벌이를 넘어서 자기 자신이 누구인지 규정한다. 내가 어떤 사람인지는 내가 어떤 일을 하느냐로 판단된다. 여기까지는 그렇다 치자. 그런데 놀랍게도 노동 생산성이, 일하는 시간이 새로운 엘리트 계급의 신분 상징이라는 해석이다. 「가디언」지의 칼럼니스트 벤 타노프Ben Tarnoff는 부자, 평균 이상으로 경제력을 획득한 사람들이 새로운 신분 과시를 소비가 아닌 생산성 전시로 보여준다는 흥미로운 칼럼을 소개했다. 애플의 CEO 팀 쿡은 새벽 3시 45분에 하루를 시작하고, 전 야후 CEO 마리사 메이어는 한 주에 130시간을 일한다고 한다. 자신들이 거머쥔 부의 당위성을 생산성, 노동 시간으로 증명한다고. 나에게 '일이 바쁘다.'는 하기 싫은 일을 피할 때 둘러대는 흔한 핑계였는데, 사뭇 다른 관점 같다.

일과표 체크리스트를 짜서 관리하지만 늘 예상보다 더

많은 시간을 쓴다. 도대체 시간은 어디로 도망간 걸까. 그다지 중요하지 않은 소식을 보내는 앱의 알람으로 주의력 분산, 습관성 SNS 피드 확인(한 시간 뒤면 까맣게 잊는 가십에 집중한다), 휴식을 상징하는 블루투스 스피커, 책, 책상 위에 놓여 있는 꽃에도 마음을 빼앗긴다. 회사나 집 작업실은 오직 스탠드 하나, 노트북 하나만 둘 것. 한번에 하나의 일만 하고, 한 시간 동안 업무에 집중하면 의자에서 일어나 10분 휴식, 앱 알람 꺼두기 등 시간 도둑을 파악하고 규칙으로 나를 옭아매야지 생산성이 개선된다. 유명 기업인들처럼 일 중독이나 생산성을 과시의 수단으로 삼을 생각은 없지만, 오늘 스프레드시트의 할 일 달성률은 80%라는 걸 확인하는 것 자체는 재미있다. 생산은 소비와는 다른 차원의 즐거움이다.

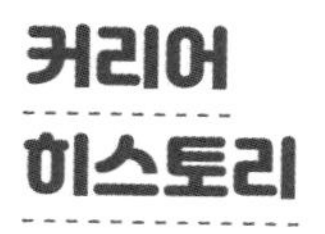

어쩌다 커리어 유목민이 되었을까. 영양가 있는 풀밭을 찾아 헤매며 양 떼를 끌고 다니길 어언 12년. 이력서를 업데이트하고 면접을 볼 때면 한곳에서 가장 오래 근무한 경력이 5년인 나를 설명해야 했다. 보통 2~3년이면 회사를 바꿨다. 같은 산업군이면 유사 경력이니 커리어 관리에 문제가 없었을 텐데 아쉽게도 패션·뷰티, 리빙부터 플랫폼, 게임까지. 나의 산업 분야 경험은 넓었다. 물론 직무 분야는 비슷했지만.

마음속 이직 동기는 늘 '재미있을 거 같아.'였다. 평생 재미를 찾아다니게 된 계기는 대학생 때 교수님이 의상 디자인 평가를 하는 한마디 기준 때문이었다. "이 부분 디자인은 재미있네." "이건 재미없지 않니?" 재미란 설렘을 주는 새로운 것, 기분 좋음, 계속 생각나는 모든 걸 통칭하는 한 단어였다. 마음을 사로잡을 만큼 신선한 단어가 '재미'였다. 재미있는 일을 택하고 최선을 다하고 싶다. 이런 마음으로 새로운 일을 찾았다. 그동안 다양함이 주는 재미는 충분히 맛보았고, 이제 깊이를 원한다. 미국의 법철학자 마사 누스바움은 행복이란 "어떤 하나에 깊게 관심이 있어 장시간 노력하며 계단적으로 유능감을 느낄 수 있는 상태."라 정의내린다.

직장을 구하기 위한 이력서 말고 '나를 위한 이력서 : 커리어 히스토리'를 써본다. 내가 재미를 느낀 포인트, 실패의 원인과 대응, 나에게 가장 많은 일거리를 안겨주고 돈을 벌게 해줬던 커리어가 무엇인지 통계를 내보고 분석하기 위해서다. 나의 시트는 총 3개로 정규직, 작가, 프리랜서로 나뉜다.

- **정규직 시트** : 재직 기간, 회사명과 수행 업무, 직급, 연봉 칸으로

나누어 업데이트.

- **작가 시트** : 일 년에 한 권씩 단행본을 내는 것을 기준으로 출간일, 책 제목, 협업 출판사, 판매 부수, 수입 등을 정리해둔다.
- **프리랜서 시트** : 외주로 진행한 프로젝트, 강연, 외고, 인터뷰 등 날짜별 수행 업무, 일의 내역과 결과, 그리고 수입을 적는다.

커리어 히스토리가 객관적인 참고 자료여서 어디까지나 기록용에 그친다면, 가장 재미있는 시트는 연간으로 정리하는 '올해의 성취' 스프레드시트다. 감정 섞인 피드백이 가득하다.

올해의 성취	(10/26~12/17) OO소설 클럽: 격주 2회씩 총 20명 대상 클럽 모임 리더	i. 수업 준비를 창의적(설문조사, 사람들 자료 모음 등)으로 시도해볼 수 있었음. ii. 일방적으로 메시지를 전달하는 강연과 달리 다양한 사람들과 대화할 수 있어 좋았음.	i. 저녁 수업은 확실히 체력적으로 피로했음. 향후 저녁 일정은 가급적 피할 것. ii. 3, 4회 수업은 개인적으로 좋았다 생각하는데 참석률이 낮아 아쉬웠음. 이유는…

나는 재미있는 프로젝트에 뛰어들 때 두려움을 모른다. '일단 한번 해보자.'로 시작하지만 처참한 결과를 맞이할 때가 자주다. 마음 관리가 안 되어서 한동안 괴로워만 했는데 기록한 뒤로 덜 감정적으로 굴게 되었다. 성공에 가까운 성취라면 기쁜 마음으로 나를 셀프 칭찬하는 기록을 남기고, 보통의 결과물을 내었다면 좋은 점, 개선사항을 적어두고 나중에 비슷한 일을 할 때 참고해 개선하는 방향으로 접근한다. 실패했을 경우에는 적어서만 해결되지 않는 최고 레벨의 스트레스가 따라오기에 우선 나의 상황을 잘 이해해줄 사람에게 상담한다. 따뜻한 말로 위로받은 다음에야 스프레드시트에 객관적 분석을 시작할 수 있다. 얼굴이 화끈거렸던 순간까지 모두 꺼내어 적어두고 나면 내 일이 아닌 듯 느껴진다. 물론 나도 감정 있는 인간인지라 기록으로 절대 남기고 싶지 않은 부분은 적지 않는다. 볼 때마다 그 순간이 떠오르면 온전한 정신으로 살기 어렵다. 때로 망각은 축복이다. 우리는 피드백을 통해 성장하고, 변화하며 최선으로 나아간다. 그중 내가 자신에게 하는 피드백이 먼저다.

집도 사무실도 심플하게,
필요함만 남긴다.

생활 습관을 바꾸는 몸의 일기

맑은 날과 흐린 날은 하루를 시작하는 감정이 다르다. 밝은 햇볕을 쬐며 일어나면 쾌활했고, 흐리고 습한 날씨를 만나면 차분해졌다. 매일 아침 가장 먼저 열고 있는 건강 관리부의 첫 번째 칸에는 날씨를 적는다. 17(℃) 맑음이라 적으며 시작된 하루는 잠들기 전 몸과 마음의 컨디션을 짤막하게 평가하며 끝마친다.

건강만큼 확실한 투자는 없기에 확실히 챙겨야겠다는 다짐에 걸맞은 실행이 이어진다. 잘 자고, 영양 가득한 식사를 챙겨 먹고, 규칙적으로 운동하는 내가 기특하다. 습관을 바꿀 때까지 작심삼일이 되지 않기 위해 시작한 기록은 이제 습관이 되어 '건강 관리부'라는 몸의 일기를 매일 쓴다.

건강 관리부 체크리스트

- **날씨** : 기온과 함께 맑음, 흐림, 비처럼 감정의 색깔에 영향을 미치는 날씨의 상태 적기.
- **기상** : 아침에 완전히 잠에서 깨어 정신을 차린 시간.
- **헤어브러싱-세안-마사지** : 아침에 하는 미용법으로, 세 가지를 한 세트로 묶어 한번에 표기.
- **모닝 요가 스트레칭** : 15분 정도 하는 아침 운동.
- **삼시 세끼** : 아침, 점심, 저녁으로 나눈 칸에 무엇을 먹었는지 사진(식사량 조절할 때 유용하다) 또는 글로 정리. 만약 외식을 했을 경우 칸의 색을 노란색으로 바꿔 집밥과 구별한다.
- **간식** : 식후 디저트는 보통 삼시 세끼에 포함시키고, 끼니 외에 먹었던 간식을 기록한다. 오후 4시에 습관성 간식을 먹지 않기 위해 만든 칸으로 X 표시가 될 때마다 기쁘다.
- **걷기** : 휴대폰 건강 어플에 기록된 걸음수로 하루를 마치며 기록한다.
- **요가** : 요가원의 프로그램 명을 적는다. '빈야사 1hr'처럼 수련한 요가와 시간을 표기한다. 수업이 없는 날은 '-'로 표기한다. 한 해

운동의 총량을 집계할 수 있다.

- **샤워** : OX로 표기. 겨울에는 몸이 건조해지므로 매일 샤워를 지양한다.
- **수면** : 불을 끄기 전 마지막으로 봤던 시간을 기록한다. 바로 잠들지 못한 경우도 수면 시간에 포함하지만 다음 날 컨디션에 수면의 질을 기록한다.
- **호르몬** : 여성호르몬 변화에 따른 몸 상태를 적는다. 내게 나타난 PMS 증상을 상세하게 적어두고 매월 비교해본다. 의외로 많은 면에서 자신에게 관대해질 수 있다.
- **쾌변** : 디톡싱을 위한 가장 중요한 문제.
- **건강 특이사항** : 질병의 크고 작음에 상관없이 신경에 거슬리는 모두를 기록한다. 턱의 뾰루지를 기록하고 얼마 만에 사라졌는지 확인할 정도의 사소함을 포함한다.
- **컨디션** : 오늘 나의 활력과 의욕의 크기, 감정적으로 다친 일처럼 기분을 간단하게 적는다.

하루에 한 줄, 나는 오늘 어떻게 살았는지 가장 단순명료하고 정확하게 보여주는 일기다. 이 기록을 이어나가는 이유는 기록이 나를 잡아주지 않으면 또 쉬운 길을 가려고 할까 봐 두려워서다. 한결같이 의욕적으로 살 수 없는 내게 일정 간격으로 찾아오는 소소한 번아웃 시기에는 기록이 없다. 표에 번아웃 기간의 셀을 합하여 반성문을 쓸 때도 종종 있고. 이런 기록마저도 지난달의 기록을 훑어보면 어떤 일정한 패턴이 있는지, 호르몬 주기나 수면의 질이 나의 기분을 결정한 것이 아닌지 분석할 때 도움이 된다. 건강한 습관을 가져보겠다고 시작했던 기록은 이제 나의 의욕 바로미터이자 한 줄 한 줄 쌓여 내 몸의 역사가 된다.

아파본 사람의 헬스 케어

병원과 미용실, 피트니스 센터의 공통점은 담당 선생님이 시설의 명성보다 소중하다는 점. 단골이란 삶의 한 부분에서 나보다 나를 더 잘 아는 사람이 생긴다는 의미고, 덕분에 양질의 삶을 누릴 수 있다. 수년째 정기검진과 치료를 받으러 가는 동네 치과 선생님과 26번 치아의 특이점과 미래에 대해 함께 걱정하다 보면 든든함이 느껴진다. 어금니를 무의식적으로 꽉 무는 버릇을 고치기 위해 혀를 앞니 안 잇몸에 닿게 두어 턱의 긴장을 푸는 연습을 하라는 조언을 받고, 치실과 워터픽 사용의 장단점을 이야기한다. 이날의 대화는 흘러 사라지지 않는다. 집에 돌아오면 헬스 케어 리스트에 내가 받은 조언, 내 치아 상태 등을 간단하게 적어둔다. 적어두었기에 그때 뭐라고 했지 하며 가물가물한 기억에 답답해하지 않아도 되고 내 몸의 상태와 흐름을 일목요연하게 볼 수 있다.

여러 관리용 스프레드시트를 만들어 쓴 이후로 생활이 확실히 편리해졌다. 특히 헬스 케어는 크게 아파본 뒤에 꼭 필요하겠다 싶어 시작했는데 상당히 유용하다. 병이란 몸이 회복 불가 임계치에 이른 후 깊어지고 나서야 알아채는 경향이 있다. 물론 살려달라고 전조 증상을 보였는데, 10년 전 나는 젊다는 이유로 무시하고 살았다. 갑자기 일어날 수 없을 만큼 어지럽고, 링거를 맞아야 정신을 차릴 수 있었던 내 몸의 상태를 일시적이라고 믿고 대수롭지 않게 넘겼으니까. 기록을 하면 예민하게 굴 수 있었을 테다. 이런 증상이 얼마나 반복적으로 생겼는지 경각심을 갖고 일이 커지기 전에 적극적으로 해결할 수 있었을 테고. 삶의 경고를 진심으로 받아들일 수 있는 적절한 나이에 중병에 걸려봤기에 그 이후의 삶은 의식적으로 몸 관리를 잘하게 되었다. 또한 죽음마저 자연스러운 과정임을 마음 깊이 받아들여 나이듦에 의연해졌다. 과거의 실수가 앞날을 빛나게 해준다. 물론 내가 달라졌기 때문이다. 누구에게나 전 재산인 몸, 나는 헬스 케어 스프레드시트에 병원 진료 및 복약, 상비약, 신체 계측 항목으로 나눠서 정리하고 있다.

단골 병원과 진료 과목별 선생님, 특이사항을 적어둔 목록 역시 가지고 있다. 진료 받은 기록을 포함해 언제든 다시 올 수 있는 아플 날에 대비해 쓸모 있는 정보는 모두 모은다. 이 기록들을 요긴하게 쓰는 날이 오지 않으면 가장 좋겠지만, 과거에 소를 한번 잃어본 나로선 만에 하나를 위한 실용적인 준비를 소홀히 할 수 없다.

병원 / 복약 기록

구분	날짜	내용	병원	지불 비용
피부과	3/18	턱 밑에 큰 뾰루지 남. 염증주사 맞고 압출.	○○의원	5,500
안과	3/18	왼쪽 눈 다래끼 초기 증상 / 시력 검사 및 눈 정기검진 받음.	○○안과	27,500
복약	3/18~3/20	항생제, 항생점안액, 연고 – 처방약	○○약국	6,400
치과	6/2	정기검진	○○치과	7,900
				47,300

상비약 관리하기

라탄 피크닉 바구니를 상비약 보관함으로 사용한다. 통풍 잘 되는 바구니 안에 거즈, 알콜스왑, 생리식염수, 습윤밴드, 의료용 가위, 체온계, 두통약, 소화제 등이 가지런히 들어 있다. 요리를 자주 하다 보니 칼에 손을 베이는 경우가 종종 있어 자잘한 상처 치료용 키트는 나름 완벽하게 구비하고 있다. 내복약은 정말 먹을 일이 없어서 뜯은 흔적 없는 약을 유효기간이 지나 폐기할 때가 많다. 아깝다기보다 그 기간만큼 흔한 진통제 한 알 먹지 않고 건강하게 살아온 내가 자랑스럽다.

헬스 케어 스프레드시트에 함께 정리하고 있는 상비약 목록에는 약 이름, 유효기간(구입일은 크게 중요하지 않다), 구매한 곳을 적는다. 메모에 약사에게 복약지도 받은 내용을 적어두거나 약에 대해 알게 된 상식을 적어둔다. 알콜스왑에 대해서 '소독약 중 가장 안전하고 효과가 좋은 70% 이소프로필 알코올, 신생아 배꼽 소독용' 같은 정보이거나 때로는 타이레놀로 대표되는 아세트아미노펜은 '급성 간독성 질환 유발로 유명한 약으로 하루 3그램 넘게 복용하면 안 된다'처럼 처방 없이 살 수 있는 약이라고 남용하면 곤란하니 알아두어야 할 정보는 적어둔다. 1인 가구인 나는 가진 약이 적어 반드시 리스트가 필요한 건 아니지만, 어린아이가 있는 집은 미니 약국을 방불케 할 만큼 필요한 약이 많

상비약 리스트

	약품명	용량	보유 수량	유효기간	구입 장소	구입 가격
1	케어센스 알콜 스왑	100장	1	24.6.16.	○○ 약국	
2	후시딘 밴드(재구매 2)	5매	1	21.11.18.		6,000
3	3M 밴드					
4	의료용 가위					
5	마이크로라이프 온도계					
6	의료용 거즈	2개			○○ 약국	800
7	케어리브 밴드 (소형)	30개입		21. 1. 11.	○○ 약국	4,500

아 보였다. 약의 유효기간 관리를 위해 특정한 달에 약 상자에 쓰인 유효기간을 하나하나 확인하면서 정리해도 되지만, 약을 구매한 당일 상비약 관리 리스트에 적어두면 나중에 리스트만 보고 유효기간이 끝난 약만 쏙쏙 골라낼 수 있으니 편리하다. 가끔 시트를 살펴보며 유효기간이 임박한 약의 행을 붉은색 컬러로 바꿔두고 강조 표시를 하면 일이 더욱 쉬워진다. 약효 보증일이 지나면 약국에 가져가 폐기하고 신선한 약을 사서 교체한다. 사소하지만 세심한 챙김이 나는 귀찮지 않다. 계획적인 성향상 오히려 즐기는 쪽이다.

신체 계측, 내 몸 그대로 사랑한다

본래 매년 신체 사이즈를 추적하여 체형 변화를 살펴보고 싶어서 헬스 케어 스프레드시트에 '신체 계측 표'를 만들었다. 체중계는 몸이 가벼워야 한다는 강박감을 줘서 없앴지만, 대학생 시절부터 쓰던 몸의 치수를 재는 줄자는 여전히 가지고 있다. 본래 의도와 달리 신체 사이즈는 쇼핑할 때만 가끔 활용한다. 온라인 쇼핑몰에서 옷을 살 때 통용되는 S, M, L 혹은 90, 95 등의 사이즈는 제조업자마다 다르다. 프리사이즈도 실상 프리가 아니다. 가슴(속옷 구입을 위해 밑가슴 둘레도 재어놓는다), 허리, 엉덩이둘레를 잰 다음 적어두면 필요할 때 참고하기 좋다. 다리 길이는 혼자서 재기도 힘들지만, 평소 편하게 입는 바지 길이(시작점이 허리일 것)

를 재어서 기준 삼는 편이 더 낫다. 허리 사이즈는 늘 수 있지만 다리 길이는 그대로니까.

나는 몸 사이즈를 기록하며 내 몸을 평가한다. 지난해보다 허리둘레가 늘었네, 줄었네를 비교하며 그래서 몸이 불편한지, 식습관과 평소 생활 자세 등을 점검한다. 매년 늘지도 줄지도 않은 일정한 치수를 유지할 것, 내가 이상적으로 여기는 목표다. 타고난 체형 그대로 건강하기만 하다면 내 몸을 있는 그대로 받아들이고, 사랑하는 것이 가장 중요한 헬스 케어라 믿는다. 이 뻔한 말은 이제 시대의 상식이 되었다. 섹시하고 화려한 속옷 브랜드의 대명사였던 빅토리아 시크릿은 시대의 흐름을 읽지 못한 디자인과 제안으로 몰락해간다. 없는 가슴을 모아주고 커보이게 한다는 코르셋형 브래지어는 외면당한다. 와이어가 있는 브래지어는 작은 가슴을 가졌다면 필요치 않고, 무엇보다 브래지어 착용 여부가 선택이 아니라는 점에 분노하는 목소리도 커지고 있다. 어릴 적 읽었던 한 패션 잡지에서 외국인 칼럼니스트가 끈 팬티를 건강을 해치는 적으로 간주하고 젊은이들에게 섹시하게 보이려고 하지 말고 엉덩이를 덮는 면 팬티를 입으라 강하게 주장했던 기억이 난다. 몸의 기능이 점점 떨어지는 나이가 되다 보니 내가 몸을 바라보는 의식의 흐름도 비슷하다. 외모 관리란 불편함 없이 살 수 있는 기능적이고 실용적인 몸 만들기, 속옷부터 실제 몸 사이즈에 맞춰 편안한 디자인을 선택하는 방향이다.

채소 미용법

내가 찾은 최고의 미용법은 채소 중심의 자연식이다. 곧 마흔이나 건강검진 결과 혈관 나이는 32세임을 판정받았다. 외출할 때 자외선 차단제만 발라도 피부의 영양이 꽉 찬 상태인지 은은한 윤이 난다. 이런 나의 진짜 화장대는 냉장고. 냉장고를 열면 여러 색깔의 채소가 채워져 있다. 붉은 토마토, 자줏빛 적채, 당근의 먹음직스러운 주황, 묻혀 있던 땅의 색을 그대로 간직한 생강과 마, 매우 빨갛거나 노란 파프리카, 브로콜리와 양상추의 각기 다른 초록색 팔레트. 버섯, 견과류와 병아리콩으로 이어지는 갈색의 향연, 두부와 치즈, 요거트의 하얀색까지. 두루두루 잘 먹으며 건강을 챙긴다. 진정으로 잘 먹는 데 필요한 것은 지성과 정성. 좋은 식사 스프레드 시트에 레시피, 메뉴, 도움되는 정보 등을 기록해나가고 있는 이유다.

'좋은 식사' 스프레드시트

- **레시피 수집** : SNS, 요리 방송, 책과 잡지에서 찾은 끌리는 레시피 적어두기.
- **혼자의 가정식 메뉴** : 기본 장보기 품목, 나의 창작 요리 중심으로 괜찮았던 요리법 정리.
- **식사 조언** : 전문가의 의견부터 나의 고유한 견해까지 건강한 식사 아이디어 수집.
- **식료품점** : 이용해보았거나 나중에 장 보고 싶은 곳 모음.

생활 요리를 시작했던 초기에는 장보기 전 식단을 꼼꼼하게 짰으나 그대로 지키기 어려웠고 식재료 관리도 힘들었다. 요리가 손에 익은 지금은 사과, 식사빵, 여러 채소처럼 정기적으로 사는 식료품과 모아놓은 레시피 중 꼭 따라 하고픈 것 한두 가지를 정해 일주일치 장을 본다. 한 주 동안 냉장고가 3분의 2 정도 빌 때까지 있는 재료를 이리저리 조합해 요리를 만든다. 예컨대 차가운 식사는 빵을 곁들

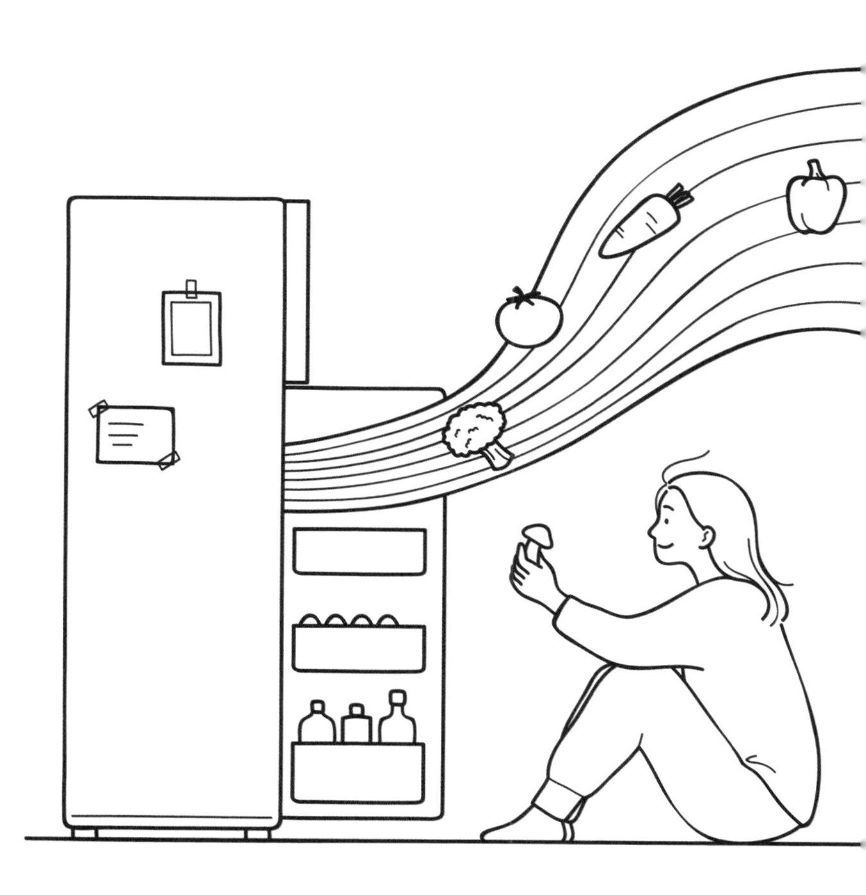

인 샐러드로 채소밥을 먹고, 따뜻한 식사는 채소탕이다. 채소탕이라 이름 붙여본 일종의 전골 요리는 멸치다시육수에 쯔유로 간하고 여러 채소, 두부, 해산물을 넣어 데치듯 끓인다. 냉장고에 있는 온갖 채소를 맘껏 응용하는 방식은 심플 그 자체. 샌드위치도 즐겨 만든다. 곡물 식빵에 로메인을 가득 넣고 크림치즈 얹은 데친 새우와 토마토와 그린빈을 토핑으로 올린 후 레몬즙, 후추를 뿌려 완성한다. 한식 역시 메밀국수를 삶아 콩물을 붓고 오이를 얹은 것처럼 쉽게 만든다. 조리 과정이 복잡하지 않은 순한 채소 중심 요리는 시간 역시 아껴주니 즐겨 먹을 수밖에. 채소 식사의 즐거움을 알면서도 안타깝게도 사람은 좋은 방식 그대로 한결같이 살기 어려운 모양이다. 건강식에 가까운 식사만 먹다 보면 가끔 맵고 짠 음식을 원했고, 단맛을 강하게 원할 때도 있었다.

> 스톡홀름 사람은 대체로 건강에 관심이 많아 운동을 하고 질 좋은 음식을 먹는 데 투자를 아끼지 않죠. 하지만 그 와중에 하루 정도는 '건강 염려'에서 벗어나 생활하는 거예요. 저와 친구들은 이런 생활 방식을 '그린 오가닉 티 & 시가렛 라이프스타일(Green Organic

Tea & A Cigarette Lifestyle)'이라고 해요. 건강한 음식과 요가가 일상이라면 주말은 와인과 햄버거로 대체해 일탈하는 거죠.

_신서영, 『내 스웨덴 친구들의 행복』, 디자인하우스

내가 건강한 식사에서 일탈하고 싶을 때는 좋은 식사 스프레드시트에 모아둔 식사 조언을 참고한다. 일탈은 허용하되 탈선을 방지하기 위한 아이디어가 여럿 적혀 있다. 참치김치찌개가 먹고 싶다면 통조림 참치 대신 진짜 참치를 넣을 것. 아이스크림이 먹고 싶다면 얼린 망고와 산딸기에 요거트를 살짝 얹어 먹을 것, 설탕이 든 그래놀라 대신 햄프씨드를 그릭 요거트에 넣어 먹을 것. 회사원으로 살며 외식을 자주 하게 되어도 아침식사만큼은 채소 가득하게 한 접시 채워 먹기. 이런 경각심 혹은 나의 미용식 덕분인지 5년 넘게 보습제 딱 하나만 바르고 살아도 만족스러운 피부 상태가 유지된다(나 또한 이런 기조를 이토록 오랫동안 이어나갈지 몰랐다). 각질 제거 필링젤, 미용 팩, 피부과 레이저 시술처럼 피부 관리법을 매년 하나씩 지워나갔다. 식사를 바꾼 영향도 컸지만, 나의 미의식이 완벽함보다 나이에 따른 자연스러움으로 돌아섰기 때문인 것도 있다. 이제 나는 시름

따위는 모른다는 얼굴을 한 채 채소가 역시 만능이네, 믿으며 기분 좋은 식사를 한다.

영혼을 위한 식사용 음악

아주 오래전 습작으로 써본 미완성 소설 한 편이 있다. 주인공은 일하는 삶에 지쳐 모든 걸 버리고 일 년 내내 여름인 섬나라로 도망간다. 맨발의 그녀는 큰 티셔츠를 입고 보사노바를 배경음악 삼아 혼자 먹기 위한 저녁식사를 가볍게 준비한다. 해변에서 주운 조개껍질이 그날의 테이블 장식이다. 고요하고 고독하고 이전에는 몰랐던 행복, 현실에서 도망치고 싶다는 나의 욕망을 그대로 투사한 인물은 문자 위에 살아 있었다.

십 년 전에는 상상에 불과했던 라이프스타일이 나도 모르는 사이에 현실이 되었다. 어떤 갈망을 품으면 그걸 수

시로 꺼내 보지 않아도 마음 어딘가에 저장되어 나의 행동을 조정하는 것일까. 요즘 내가 쓰다 만 소설의 주인공처럼 살고 있는 나는 혼자 먹는 식사의 즐거움을 음악에서 찾는다. 매 끼니마다 식사 분위기에 맞는 음악을 들으며 긴장을 풀고 식사하는 순간을 즐기고 있다. 스프레드시트로 만든, 마음에 쏙 들었던 음악 제목을 적어둔 리스트가 있긴 하지만 자주 열어보진 않는다. 식사 때 듣는 음악은 표에 별도로 정리하기보다 음원 사이트가 기억하고 있는 나의 재생목록에 의존한다. 유독 좋아하는 몇 가지 추천 곡.

조식

- 쇼팽, <안단테 스피아나토와 화려한 대 폴로네이즈 E장조>(14분)
- 베토벤, <바이올린 콘체르토 3악장 D장조 op.61>(10분)

하루를 부드럽게 열고 싶을 때, 클래식이 잘 어울리는데, 이 두 곡은 다른 방식으로 우아해서 홍차가 곁들여진 아침식사 때 즐겨 듣는다. 어둡고 차분한 날씨엔 쇼팽, 밝고 설레는 날에는 베토벤.

점심

- 우효, <꿀차>(4분)
- 바우터 하멜, <breezy>(4분)

점심은 가볍게 한 그릇 요리. 창을 활짝 열고 느끼는 살랑거리는 바람 같은 노래가 어울린다. 물론 비 내리는 날에는 가라앉는 노래로 어둑한 분위기를 즐긴다. 어떤 노래든 가사가 있는 곡이어야 한다. 아티스트의 목소리를 듣고 있으면 누군가와 함께 있는 기분이다. 집에서 혼자 일하던 시기에 노래가 늘었다. 실력이 는 게 아니라 혼자 조용히 노래를 흥얼거리는 시간이 늘었다. 그때의 나처럼 집에서 혼자 일하던 친구는 모든 사물과 대화하기 시작했다고 한다. 영화 〈중경삼림〉에서 실연당한 경찰 663으로 나왔던 배우 양조위처럼, 말라가는 비누를 소리 내어 걱정하고 커다란 곰 인형에게 잘못을 고백하는 것처럼.

석식

- 스탄 겟츠와 조앙 질베르토, <The girl from Ipanema>(5분 24초)
- 베벨 질베르토, <So Nice>(3분 32초)

어린 시절부터 지금까지 음악 리스트에 보사노바는 빠지지 않는다. 그 나른한 음악은 지금이 아닌 다른 세계를 상상하게 했다. 뜨거운 태양 아래 해변에 있게 했고, 습한 공기가 느껴지는 밤 한가운데 나를 데려갔다. 스탄 겟츠의 모든 앨범은 계절과 상관없이 언제든 저녁 시간과 어울려서 많이 듣는다. 밤은 공상을 위한 시간이다. 지금을 벗어나 여기 아닌 다른 곳에 존재하기 맞춤인 순간. 미완성의 나의 소설에서 요리하는 주인공처럼 저녁식사에는 날씨와 상관없이 요리 준비부터 식사까지 줄곧 보사노바다. 지금을 사는 감각은 무척 커졌지만 어떤 이상적인 행복을 상상하는 법은 잊고 싶지 않다. 상상할 수 있는 능력이 원하는 현실을 만들었음을 묵힌 소설의 한 귀퉁이에서 배웠다.

숨어 있는 옷

여름에는 가벼운 롱원피스를 주로 입는다. 외출 후에 보면 늘 밑단이 구겨져 있어 가진 네 벌의 롱원피스를 한 번에 모아 다리미의 스팀으로 편다. 옷을 말끔히 손질하여 옷장에 걸고 난 뒤 찾아오는 깔끔한 기분. 노동요로 들었던 비발디의 〈사계 : 가을 3악장〉 도입부의 경쾌함이 사라진 뒤다. 그러고 보니 요즘은 세탁소에 옷 맡길 일이 매우 드물어졌다. 드라이클리닝이 필요한 옷은 되도록 사지 않는다. 예쁘고 비싼, 그만큼 신경이 많이 쓰이는 옷과 언제부터 거리를 두었는지 잘 기억나지 않는다. 대신 햇볕이 쨍쨍한 날 바싹 마른 세탁물을 손수 거두고 개는 나날이다. 의생활을 정말 심플하게 줄인다면 옷장 대신 함 하나에 정리해두고 살아갈 수 있지 않을까. 겨울이 없는 나라에서 늘 통이 넉넉한 면바지에 칠부 소매 스트라이프 티셔츠만 입고 사는 거다. 물론 현대인에게 옷이란 몸 가리개가 전부는 아니라서 사람들 속에 섞여 살려면 여러 종류의 옷이 필요하다.

스프레드시트에 가진 옷을 기록하기 시작한 건 순전히 충동구매로 옷 사는 걸 방지하고 싶어서였다. 몇 차례에 걸쳐 몇 년간 입지 않은 옷을 줄이고 또 줄인 다음 '비웠으니 다시 채워야지.' 하는 되돌이표 마음을 버리기 위함이랄까. 처음에는 단순히 상의, 하의, 겉옷, 신발, 액세서리, 운동복과 룸웨어로 카테고리를 나눈 뒤, 내가 몇 장의 옷을 가지고 있는지 쭉 적어둔 형태였다. 우연히 상점을 지나다 마음에 드는 옷이 보이면 휴대폰 넘버스(스프레드시트) 앱 속 의류 리스트를 꺼내 보며 이것과 비슷한 옷이 집에 있음을 내게 상기시킨다. 의류 리스트는 계획에 없던 쇼핑 앞에서 나를 충분히 망설이게 하는 브레이크 역할을 해준다. 옷장을 얼핏 볼 때는 옷이 별로 없다. 리스트에는 보이지 않은 옷들도 세세하게 정리되어 숫자로 표기되니, 그 총량이 언제나 나를 압박한다. 감정적인 옷 쇼핑을 하지 않게 된 가장

큰 이유는 관심사가 달라져 옷의 가치가 낮아졌음이 가장 크지만, 리스트에 옷이 많다는 근거도 영향을 주었다. 옷 쇼핑에 자제력이 생긴 후로 의류 리스트의 정리 방향을 바꾸었다. 용도별로 필요한 최소의 옷가지를 갖추고 있는지 점검하는 쪽이다.

의류 리스트 정리 방법

- 외출복은 비격식과 격식으로 주제별로 정리한다.
- 운동복(요가, 등산, 수영)/ 룸웨어(라운지웨어, 파자마)/ 속옷은 별도로 구분해 기록한다.
- 가진 옷을 등록할 때는 브랜드-색상-스타일 순으로 적는다. 예를 들면 '라코스테 흰색 피케셔츠'.
- 처분이 필요한 의류는 '보라색', 올해 새로 산 물품은 '파란색'으로 표기하고 1년이 지나면 색상 강조를 하지 않는다. 새 옷이 얼마나 늘었는지, 앞으로 필요한 옷이 무엇인지 출납을 확인할 때 컬러 구분이 요긴하다.

구두가 많았을 때 구두 상자에 무엇이 들어 있는지 수고롭게 스냅 사진을 붙여둔 적이 있었다. 물건이 지나치게 많아서 수납을 걱정할 때의 이야기다. 스프레드시트에도 옷 사진을 넣어 정리할 수도 있겠으나 다소 귀찮고 불필요한 시간을 쓰는 일이다. 글로 적힌 정보만으로 어떤 옷인지 떠오르지 않는다면, 그 옷은 정리해도 무방할 옷일 것이다. 모든 정리에 꼼꼼할 필요는 없다. 나와 즉각적인 의사소통이 가능할 정도로만, 단순하게 효율적으로 한다.

의류 리스트

비격식(일상, 모임)	상의	**슬리브리스** 1) 마가렛호웰 크림색 2) 제임스펄스 그레이	**반팔** 1) 유니클로 흰색 2) 라코스테 흰색 폴로	**긴팔** 1) 세인트제임스 BL 2) 세인트제임스 R/N 3) 유니클로 체크 셔츠	**니트** 1) 유니클로 네이비 R 2) 랄프로렌 연보라 R 3) 타임 하늘색
	하의	**반바지** 1) 유니클로 린넨	**면바지 / 겨울 바지** 1) 해리스웰슨 핑크 2) 교토 이세탄 흰색 3) 일라일 카키	**데님** 1) 시스템진 2) 비이커	**스커트** 1) 랑솜 네이비 롱 스커트
	원피스	**봄, 여름** 1) 라코스테 네이비 2) 비이커 그레이 3) COS B/W	**가을** 1) 알렉산더 맥퀸 레드		
	아우터	**봄, 가을** 1) 타임 네이비 트렌치 2) 라벤헴 네이비 패딩 재킷 3) 파타고니아 플리스 집업	**겨울** 1) 톰보이스튜디오 네이비 롱코트		
격식(비즈니스, 공연 관람)	상의	**반팔** 1) 페라가모 흰색 셔츠 2) 비비안웨스트우드 흰색 셔츠	**긴팔** 1) 플리츠 플리즈 블랙		
	하의	**스커트** 1) BCBG 실크 패턴 2) 비비안웨스트우드 H라인 3) 플리츠 플리즈 블랙 롱	**팬츠** 1) 플리츠 플리즈 네이비 2) 플리츠 플리즈 블랙		
	원피스	**봄, 가을** 1) 폴앤조 블랙 2) 플리츠 플리즈 플레어 3) 랄프로렌 네이비 플레어			
	아우터	**재킷** 1) 타임 트위드 재킷	**코트** 1) 빔바이롤라 그린 울 하프코트 2) 타임 브라운 라마 롱코트		

의류 리스트의 큰 카테고리 중 하나인 '비격식'은 일상복, 친근한 소모임을 위한 편안한 옷이다. 상의(슬리브리스, 반팔, 긴팔, 겨울용 니트), 하의(반바지, 면바지, 청바지), 원피스와 아우터는 계절별로 나눈다. 상세하게 나누다 보면 날씨, 상황에 맞는 옷을 적절히 안배하여 조정할 수 있다. 마음에 드는 옷만 사면 비슷한 스타일의 청바지 다섯 장을 갖게 되지만, 계획적으로 옷을 사면 청바지, 반바지, 면바지가 각 한 장뿐이어도 고루 있기에 옷이 부족하다 여기지 않는 법이다. '격식' 카테고리 아래에는 비싼 가격표가 붙어 있고, 몸의 행동반경을 제약하고, 세탁비도 꾸준히 드는 고급 의류가 정리되어 있다. 지극히 사회적 필요에 의한 옷이다. 첫 거래의 물꼬를 틀 때 입을 만한 비즈니스용, 매너 있는 차림이 필요한 공연장, 결혼식이나 장례식 같은 어떤 의례에 입고 갈 수 있는 단정한 옷은 내 눈앞에 있는 사람이 중요하다는 표현을 할 때 입는다. 물론 최대한 단정해 보여야 할 행사에는 지정해놓은 옷이 있으므로 무엇을 입을지 고민하지 않는 편이다.

훗날 옷장을 두 칸으로 나누어 격식과 비격식으로 분

류해 한눈에 보일 정도로 적은 옷을 갖고 싶다. 일상복 다섯 벌, 계절에 따라 입도록 정장 두 벌이라면 한눈에 보일 테니 기록하는 수고도 필요 없겠지. 하지만 아직은 그 단계까지 올라가지 못했으니 나는 여전히 기록으로 내가 가진 쓸모 있는 옷의 규모를 파악한다.

살아가기 위한 물건의 목록

충격적인 사건이 생기지 않는 한 기존에 믿고 있던 가치의 순서가 바뀌는 일은 좀처럼 쉽게 일어나지 않는다. 나 역시 질병이란 계기가 없었다면 생활 규모를 줄이지 않았을 테고, 스프레드시트에 나의 모든 물건을 정리할 수 있는 규모로 살진 못했을 거다. 물건이 나를 짓누르는 기분을 참을 수 없었을 때, 생활을 간소화시켰고 언제 어디로든 움직일 수 있는 몸집 가벼운 사람이 되었다. 한때 물건이 곧 나였다. 소유욕과 집착이 심했는데, 잦은 독촉에도 빌려간 책을 돌려주지 않은 과거의 친구를 책 제목과 함께 아직도 기억할 정도다. 물질 본위의 삶에서 한 발자국씩 물러나게 된 뒤로 소중한 물건은 없어지고, 소중한 순간이 생겼다. 그럼에도 내가 가진 물건을 정리해 목록으로 가지고 있다. 주宙를 위한 생필품 목록은 소유에 대한 집착이 아닌 물건을 관리해 오래 쾌적하게 쓰기 위한 방법이다.

집 안 관리 스프레드시트에는 가구, 가전, 주방용품, 이불이나 커튼 같은 패브릭처럼 내가 가진 모든 생활도구가 눈에 들어온다. 수시로 바뀌는 항목이 아니라 자주 열어보진 않지만, 필요할 때 시트를 보며 침대 항균용품 교체 시기를 확인하고, 전자제품 무상 A/S 기간, 도마나 요리 도구 같은 주방용품 교체 시기를 파악한다. 나는 눈에 보이는 소유물이 적다고 여겼지만, 약 300개의 물건을 가지고 있다. 베갯잇 한 장, 젓가락 하나까지 센 결과지만 혼자 사는데 여전히 이렇게 많은 물건을 가지고 있다니 놀랍다. 갓 독립할 때, 신혼일 때처럼 세대주 분리가 일어나는 시점이 생활 물품 스프레드시트를 만들기에 최적화된 시점이라고 본다. 막 살림을 시작하면 대부분 새로 산 물건일 테니 관리 주기의 기준을 알 수 있으며, 마치 가계부처럼 향후의 입출을 관리할 수 있다. 이미 물건이 너무 많다면 집 관리 스프레드시트를 만들다가 밤을 새워야 할지도 모른다. 그때는 가전, 가구처럼 덩치 크고 꾸준한 관리가 필요한 물건 위주로 정리한다.

300개의 목록을 살펴보며 감촉이 거칠어져 더 이상 잘 덮지 않는 낡은 이불 중 유기견센터에 보낼 만한 것은 따로 색깔을 바꿔둔다. 목록을 정리해두면 집 곳곳에서 하나씩 뒤적일 필요가 없다. 스프레드시트로 하는 정리정돈은 시간은 줄이고, 먼지도 안 나는 방법이다. 스크린 안에서 정리할 물건을 결정한 다음 한번에 처리하는 집 안 관리 시스템으로, 필요한 물건만 있는 단정한 집에서 살 수 있다. 에리히 프롬은 저서 『소유냐 존재냐』에서 옛날 사람들은 소유한 물건은 무엇이나 소중히 여겼고 손질하여 쓸 수 있을 때까지 사용했다고 말한다. 오래 쓰기 위한 구입을 하던 19세기의 표어는 '오래된 것은 아름답다!'였다고. 최근에는 재미삼아 '내 소유물의 헤리티지heritage'라는 제목을 내걸고 오랫동안 사랑하고 있는 실용적인 소유물을 적어보았다. 가장 먼저 물려받아 쓰고 있는 약 20년 된 줄자와 재단가위가 적힌다. 추억이 깃든 오래된 물건은 아름답다.

쾌적한 마음 수행

습관보다 사람의 행동에 더 큰 영향을 미치는 건 환경이라고 한다. 화가 프랜시스 베이컨은 정돈된 환경이 자신의 창조력을 질식시킨다고 했다. 베이컨이 가진 복잡하지만 환상적인 아틀리에를 상상하며 그의 작업실 사진을 구글링으로 찾아본 후 나는 말문을 잃었다. 내 눈에는 문자 그대로 난장판이 펼쳐져 있었다. 나와 다른 가치관을 가진 유명한 예술가의 세계를 힐끗 보며, 나는 어수선한 환경이 집중력을 질식시킨다고 느낀다. 집도 사무실도 심플하게, 필요함만 남긴다. 마음의 평화와 여유로움, 시간을 집중해서 쓸 수 있는 방법이기도 하다. 청소는 일종의 마음챙김 명상이라 볼 수 있다. 선불교의 주요한 수행의 하나는 청소인데,

책 『스님의 청소법』에서 역시 청소의 목적은 더러움을 털어내는 것이 아닌 마음을 닦는 것이라 말한다. 지금 머물고 있는 그 방이 나의 마음 상태를 비추고 있으며, 누군가의 마음을 보여주는 건 그 사람을 둘러싼 주위 환경이라고.

근면한 일상 수행으로서의 청소 자체는 경건하나 실질적으로 이 시대의 청소는 챙길 게 많은 복잡한 활동에 가깝다. 내가 시간과 힘을 아끼기 위해 들였던 물건으로부터 새로운 청소를 요구 받는다. 2주에 한 번 하는 에어컨 필터 청소와 세탁조 청소처럼. 에어컨이 없을 때는 챙기지 않아도 되었던 청소, 세탁조 청소를 해야 한다는 것을 몰랐던 때는 하지 않았던 무지로 인한 청소의 생략. 새로 해야 하는 청소가 생기면 집 안 관리 스프레드시트 중 '청소 목록'에 올려둔다. 잊지 않고 해야 할 청소를 점검할 때 열어서 본다.

청소뿐 아니라 집 수리 이력을 적어둔 목록 또한 같은 스프레드시트에서 관리하고 있다. 도시가스 점검일, 도어락 건전지 교체일, 전구 교체일, 세면대 필터 청소 및 수리일도

적어둔다. 누구의 손을 빌렸는지도 빠트리지 않는다. 혼자서 모든 살림을 챙기기엔 한계가 있고, 도움의 손길이 필요할 때가 있다.

깨끗한 마음, 청결한 생활. 청소의 실질적 효용이 이 두 가지에 있다면 스프레드시트로 정리된 청소란 불편함 없는 생활을 만든다. 도어락 배터리가 닳았다고 노래를 부르는데, 당장 교체할 건전지가 없어서 미루고 미루다 어느 날 집에 못 들어간다면 에너지 소모가 얼마나 클지 상상만 해도 피곤하다. 건전지를 미리 사두고 바로 교체하면 그러한 불상사를 막을 수 있다. 기록으로 남겨져 있기에 내 집의 도어락 건전지 교체 시기가 6개월 주기임을 안다. 일 년에 필요한 건전지의 양을 계산할 수 있으니 필요보다 더 많은 건전지를 쌓아두지 않아도 된다. 건전지로 예를 들긴 했으나, 이런 소소한 정보를 모아 관리하다 보면 그 총량은 더욱더 쾌적하고 효율적인 환경이 된다. 안락하고 편리한 일상은 기록 위에 만들어진다.

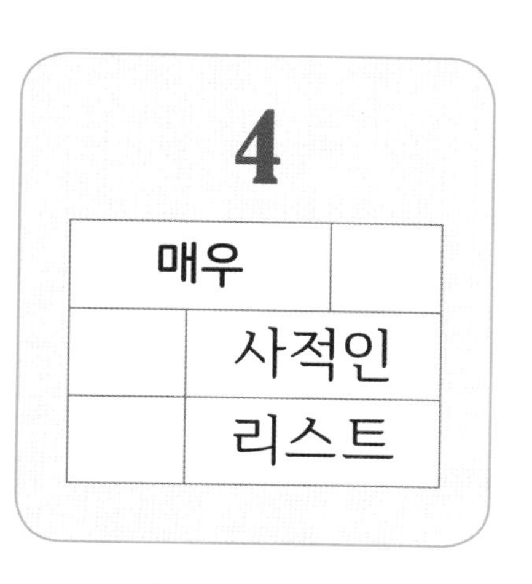

명료하게 정리된 글이
나의 가치관을 보여주고,
선택과 행동을 이끈다.

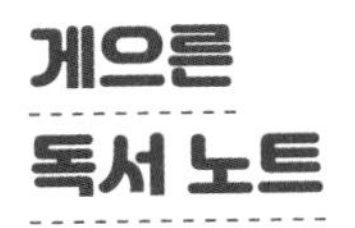

앞서 여러 종류의 스프레드시트 정리법을 설명하다 보니 내가 정리에 특화된 사람처럼 보일지도 모르지만 그럴리 없지 않은가. 이번에는 내게 가장 유용하지만 제대로 못하고 있는 정리를 소개해보려 한다. 책을 즐겨 읽으므로 독서 노트를 무척 잘 정리할 듯도 한데 그렇지 않다. 일단 전자책을 읽을 때는 형광펜 기능으로 마음에 와닿았던 문장에 줄을 치고 메모도 하지만 그 이북을 다시 열어보지 않는 한 복기할 일은 없다. 여러 번 읽는 책은 드문 편이니 그렇게 이북에서 제공하는 기능으로 정리한 독서 노트는 일종의 무덤이 된다. 종이책은 줄을 긋고 읽지 않는다. 친구나 도서관에서 빌린 책에 사적인 줄긋기란 재물손괴에 준

하는 범죄이고, 사본 책도 모아두지 않는 성향상 언젠가는 내 손을 떠나 순환할 것을 알기에 깨끗이 본다. 그러다 보니 마음에 드는 문장을 발견하면 받아 적거나 휴대폰 카메라로 스크랩하듯 찍어둔다. 읽기의 흐름이 끊기는 것이 싫어 받아 적기보다 주로 사진으로 남긴 후, 완독하면 그때 별도로 정리하는 편이다. 휴대전화의 사진첩에는 여전히 정리하지 못한 문장들이 있다.

나의 독서법은 한번에 여러 분야의 책을 동시에 읽는 쪽이다. 『총, 균, 쇠』처럼 700쪽에 달하는 벽돌책은 집에서만 읽고 출퇴근 지하철에서는 이북이나 가벼운 문고본을 읽는다. 책이 주는 감동을 은은히 즐기기보다 '자, 다음 책!' 릴레이 형태로 여러 책을 끊임없이 읽는다. 지금은 무엇이든 풍요로워 읽을거리도 쌓여 있지만 역설적으로 그다지 나의 지식이 쌓이는 것 같지 않고, 생각이 깊어지는지도 잘 모르겠다. 아마 내 독서 방식의 문제이리라. 한 챕터가 끝날 때마다 핵심 내용을 요약 정리하며 공부하듯 독서하는 사람을 보았을 때, 마음 깊숙이 존경을 표하곤 했다. '정말 대단해!' 뒷이야기가 궁금해 성격 급하게 책장을 넘겨대는 나로선 다가갈 수 없는 세계다. 깊이 읽지 못하는 나 같은 독서가는 책 한 권을 깊이 정리하진 못하지만 단편적이나마 매우 사적인 책 한 권을 만들 수 있다. 하나의 큰 주제 아래 여러 책에서 발췌한 문장을 모아 하나가 되도록 정리하는 방법이다. 독서 노트는 방대해서 하나의 스프레드시트로 정리할 수 없다. 내가 유일하게 폴더-워드 문서 체계로 정리하는 목록인데, 최근 나의 관심사인 '삶의 균형'이라는 이름을 가진 폴더 안에 여러 제목의 워드 파일로 채운다.

'삶의 균형' 폴더 목록

생활의 기술
보온병으로 콩을 삶는 방법과 올리브유 고르는 법, 레몬 워터에 대한 이야기가 두서없이 쓰여진 상태다.

일의 기술
'조금 더 밀도 있는 인터뷰를 하고 싶다면, 독립된 공간을 대여하는 것이 좋습니다.' 혹은 '미래에는 직업이 무엇인지가 중요하다기보다 어떤 프로젝트를 담당하는지, 어떤 컨설팅을 맡고 있는지, 어떤 업무를 계약해서 진행하고 있는지에 더욱 주목하게 될 것.' 같은 각 분야별 사람들의 조언이 줄줄이 이어진다. 멘토를 멀리서 찾을 필요 없다.

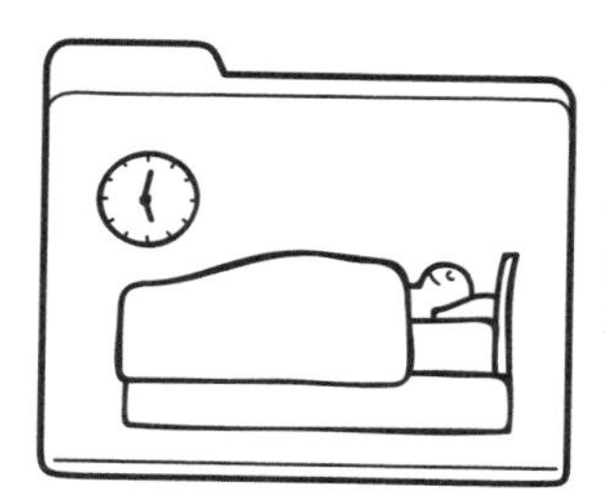

몸의 균형
'일찍 자고 일찍 일어나는 생활의 요령은 일찍 자기가 아니라 일찍 일어나기부터 시작하는 것.'처럼 내가 활용할 수 있는 수준의 건강 조언 백서다.

마음의 균형
'내가 세운 계획을 밀고 나가지 않은 게 실패였다.' 동기부여되는 말이나 위로, 이해받는 기분이 느껴지는 문장이 가득하다.

지식 수집
'요가에서는 구루가 없어서는 안 된다. 쉬바신은 요가 궁극의 구루로 여겨진다.'처럼 요가의 역사부터 '마케팅 전략을 위한 7가지 P'와 같은 업무용 지식, '18세기는 서양 의자가 태어난 시기로 살롱 문화의 인기로 앉을 자리가 많이 필요해졌다.' 등등의 교양 지식이 뒤섞여 있다.

그 밖에 시대별 완벽주의 모음, 휴식의 기술 등 수없이 생성되는 관심사별 파일이 있다. 나의 모든 호기심, 내가 수집한 순간 등을 담았다. 물론 워드로 정리하다 보니 원하는 내용을 쉽게 찾긴 어렵다. 파일을 일일이 열어 키워드 검색을 해봐야 한달까. 그래서 스프레드시트에 책마다 구분해 정리를 시작한 적도 있다. 내가 읽은 책 목록을 주르르 쓰고 독서 시작일과 마친 날을 적어두고 문장과 감상은 한 칸 한 칸 성실히 기록해두었다. 물론 얼마 가지 못하고 책 목록은 업데이트하지 않았고, 다시 워드로 복귀했다. 표가 주는 단정함이 이때만큼은 참 지루했다. 결국 독서 노트는 워드로 정리하고 있다. 퀼트 이불 만들듯 여러 헝겊을 이어 붙여 하나의 주제 아래 완성된 책을 읽는 기분이다. 내가 지금 책에 인용하는 문장들 역시 모두 나의 독서 노트에서 가져왔다. 삶을 현명하게 살기 위해 조언을 얻는 수단이자, 내겐 책을 쓰기 위한 영감의 출발이 바로 독서 노트. 이토록 게으른 정리를 하면서도 크나큰 도움을 받고 있다.

피아노 레슨 노트

4월 4일

선생님과의 첫 만남. 혼자 연습한 쇼팽의 <녹턴> 20번을 가볍게 연주하고 나자 선생님이 내게 손바닥을 펼쳐보라 하였다. 내 손은 작고 짧다. 쇼팽 콩쿠르 우승자 피아니스트 조성진의 손 길이는 23cm이라고 한다. 나는 19cm밖에 안 되어 도달 범위가 좁다. 타고난 재능은 신체 조건이 그 하나. 하고자 하는 마음만으로 안 되는 게 있다. 녹턴은 왼손은 있는 듯 없는 듯 무척 자연스럽게 쳐야 하고, 오른손은 왼손 연주보다 소리가 커야 한다. 양손을 동시에 쓰면서 한 손은 힘을 빼고, 한 손은 힘을 줬다 뺐다 해야 한다니. 피아노를 연주하면 섬세할 수밖에 없겠다.

4월 17일

나는 리듬 감각이 없는 게 아닐까. 박자를 파악하기 위해 3/4박자에 맞춰 손바닥을 치면서도 도무지 감을 잡을 수 없었다.

4월 28일

쇼팽의 곡마다 특정 프레이즈에서 나도 모르게 극도의 우아함을 느끼며 눈물이 찔끔 나곤 했다. 오늘 레슨에서 '루바토'의 존재를 알게 되었다. 꿈꾸듯이 잠시 시간을 정지시키는 표현법인데, 한마디를 치다가 루바토가 나오면 잠깐 시간이 정지된 듯 자연스럽게 표현한 뒤, 음을 잇는다. 내가 쇼팽을 사랑하게 된 까닭이 혹시 루바토 때문이었나. 루바토에 대해 찾아보았다. 이탈리아어로 '도둑맞다, 잃어버리다'를 뜻하며, 쇼팽이 즐겨 사용했다고 한다. 감정에서 우러나오는 듯 표현해야 한다고 했다. 유한한 시간을 잠시 멈춘다. 동시에 잃어버린다. 마음이 먹먹해진다.

5월 2일

과연 해낼 수 있을까, 내게 의심이 드는 구간. 끝없는 부점 연습만이 답이고 머리로 외우기보다 손가락이 익숙해질 수 있도록 해야 한다. 그리고 페달을 이제까지 반대로 밟아왔음을 알았다. 지난 레슨 선생님은 반대로 알려줬었다. 아니면 내가 잘못 이해했던 걸까. 페달 역시 바뀐 방식대로 반복에 반복을 거듭해 몸에 그냥 익힐 것.

피아니스트 조성진, 크리스티앙 짐머만 등 거장의 빼어난 연주를 들을 때마다 나도 피아노를 치고 싶다는 간질거리는 욕망이 생겼다. 그리고 역시 감상자로만 있는 편이 나아, 피아노를 치며 나의 연주를 귀로 듣고 있기 버거울 때마다 후회했다. 때로 곡에 빠져들기도 했고, 곡을 완성해나갈 때면 성취감도 느꼈다.

- **일 년에 3곡 배우기 :** 치고 싶은 피아노곡을 순서대로 적어둔다.
- **레슨 노트 :** 레슨 때 받았던 조언, 느낌, 새롭게 알게 된 사실을 날짜별로 기록한다.
- 연습실에서 연주하는 손가락 모양을 동영상 촬영하고 집에 돌아와 다시 보며 리뷰한다. 음악과 운동처럼 몸의 자세를 관찰하고 고칠 점을 찾고자 할 적엔 보조 기록 도구로 휴대폰의 동영상 촬영 기능이 유용하다.

엄마는 "머리가 좋아진다."는 말을 듣고 어릴 적 나를 피아노 학원에 등록시켰다. 어른이 되어 피아노를 다시 배우는 것 역시 두뇌 트레이닝에 가깝다. 두뇌는 익숙한 일만 하면 퇴행한다. 늘 새로움을 원하는 까닭도 이런 두뇌의 성향 때문이라고 하니 요가의 신체 운동, 명상의 마음 수련, 피아노의 두뇌 훈련으로 균형을 맞추면 이상적일 듯싶었다. 두뇌 트레이닝이라는 그럴싸한 명분을 걷어내고 나면 나는 다른 이유로 학원을 찾는지도 모른다. 어쩌면 피아노 학원에 다니는 진짜 이유, 대화하고 싶기 때문이다. 나에게는 여러 종류의 대화를 얕게 나눌 사람이 필요하다. 누군가와 요리와 식재 채집에 대한 열정을 공유하고 싶고, 역사적 사건을 논박하는 재미도 있었음 좋겠다. 고미술의 아름다움에 대해 같이 찬양하고 싶고, 클래식에 적당히 열광하고 싶다. 대화가 통하는 사람과 있을 때 느끼는 외롭지 않은, '함께'라는 느낌이 얼마나 중요한지.

피아노 학원 선생님과는 깊게는 아니어도 클래식에 대한 이야기를 아무 위화감 없이 나눌 수 있다. 쇼팽을 정말 사랑하지만 '강아지(왈츠)'는 싫어요, 라고 말하면 웃어주고, 차이콥스키의 〈바르카롤〉이 우아한 곡이라며 진심으로 공감해주고, 내가 다녀온 피아노 리사이틀 후기를 들으며 그 피아니스트의 비하인드도 들려준다. 음악에 어떤 재능도 없는 사람이 지속적으로 교양을 갈고 닦으며 머리까지 녹슬지 않게 만들 거라 다짐했던 이 퇴근 후 활동. 사실 어떤 지적 욕구를 채우기 위한 취미일지도 모른다.

내게 영감을 주는 사람들

"아니, 합격했다고요?" 무슨 일이 벌어진지는 모르겠지만, 지인이 시험에 붙은 모양이었다. 그는 홀에 있던 그랜드 피아노에 가더니 축하곡 〈Congratulations and celebrations song〉을 재빠르게 쳤다. 피아니스트의 축하 방식은 상당히 음악적이었다. 그 모습을 목격한 나는 진심으로 웃었다. 그 피아니스트는 영화 〈아마데우스〉의 모차르트처럼 유쾌한 인물이다.

넷플릭스에서 〈파이널 테이블〉이란 TV 쇼를 보았다. 전 세계 유명한 셰프들이 등장해 요리 경연을 펼치는데, 미셸 셰프가 눈에 띄었다. 멕시코 요리인 타코를 주제로 메뚜기에 금박을 살짝 입힌 메뉴를 내놓는다. 그리고 식량의 지속 가능성에 대해 진지한 눈빛으로 말한다. 신념이 있는 사람이 내뿜는 긍정의 에너지가 나를 일깨웠다. 그날 인스타그램에 내가 받은 인상을 공유했더니 그 셰프의 캠페인 메시지 번역 프로젝트에 참여한, 칠레에 산다는 한 독자가 그의 의식 있는 식사 가이드를 메일로 보내주는 연쇄적 즐거움도 있었다.

나는 무엇에 사로잡혔을까. 언뜻 지나치는 어떤 순간에 사로잡힐 때, 나는 영감을 받았다고 생각한다. 그로 인해 나의 세계관에 어떤 변화가 생길지는 알 수 없지만 나는 무언가에 매료된 그 순간과 감정, 생각을 표에 하나씩 기록한다. 피아니스트에게는 자신이 가진 재능으로 감정을 표현하는 법을 배웠고, TV 쇼에서 만난 셰프의 진지한 눈빛에서는 신념 있는 사람의 확고한 열정이 내심 부러웠달까. 책, TV나 영화, 현실에서 마주한 모든 사람들에겐 빛나는 순간들이 있다. 완벽한 사람은 없지만 완벽한 순간은 있고, 내가 목도한 기적을 잊고 싶지 않아서 적어둔다. 이렇게 잘 알지 못하는 사람들과의 관계는 피상적이고, 깊은 인상 하나로 끝난다. 반면 나와 깊게 대화하고 교류하는 사람들과는 단순히 영감을 주고받는 수준이 아니다. 우리는 살아가는 법을 함께 배우는 관계였다. 대체적으로 서로 격려하고, 배려할 때도 있었지만 가끔은 갈등했고, 또 정치적이었고, 이익을 위해 뭉치고 헤어지길 잘했다. 나는 나를 모르는 만큼 타인을 몰랐다. 표면적으로 친했지만 가끔 어긋나던 이유를 알 수 없어 괴로웠다. 내가 한 말이 나에게 비수로 남기도 했고, 내가 상처받았다 느꼈던 만큼 누군가 나로 인해 상처받았을 터였다. 서로 다른 사람이기에 당연한 다른 지점을 맞춰나가지 못했을 때, 혹은 둘임에도 한 사람의 노력이 전부였을 때 익숙한 사람은 내 삶에서 멀어졌다. 여전히 시행착오를 겪고 있는 서투른 나지만, 우리의 이야기를 정리한 후로 지금의 인간관계는 훨씬 담백해졌다.

누군가를 만나면 기록한다. 내가 언제 누구를 만났고 그 사람과 무엇을 했고 어떤 대화를 나누었는지 인상적인 내용을 간략하게 적는다. 거슬렸던 대화는 빨갛게 색을 바꿔두고, 그 이유가 무엇인지 적어둔다. 내가 내뱉고 후회하는 말도 적어둔다. 내가 고쳐야 할 점도 돌아보며 표로 따로 정리한다. 매끄럽게 흘러가는 인간관계를 위해 내게 주는 피드백이다. 자주 만나는 사람 위주로 우리의 시간을 업데이트하긴 하지만, 업무 관계상 새로 만난 사람인데 유독 인상적이라면 기록해두기도 한다. 영감까진 아니지만 흥미를 끌어서랄까.

최근 이 정리법에 하나 더 추가한 게 있다. 내 감정에 맞게 칸의 색깔을 바꾸는 거다. 좋았다면 초록색, 무언가 '쎄한 느낌'이 들면 노란색, 불쾌했다면 붉은색으로. 물론 축구의 옐로카드 경고와 바로 퇴장을 뜻하는 레드카드에서 따온 표현법이기도 하다. 직관이 말하는 신호를 무시하지 않고 기록하면 그 사람과 만날수록 감정의 색깔이 어떻게 달라지는지 보인다. 나의 사회성을 관리하는 스프레드시트이기에 내게 우선순위인 가족과 지인들 생일이 적혀 있고, 내가 준 선물과 받은 사람의 피드백도 함께 정리한다. 그러다 보면 그 사람에게 똑같은 선물을 연속으로 주는 우를 범하지 않게 된다. 물론 내가 받은 것도 잊지 않고 적어두고, 다음에 어떤 방식으로든 돌려주려고 한다. 받기만 해도 안 되고, 주기만 해도 안 되고 모든 인간관계란 주고받는 호의 속에서 유지된다고 믿는다. 내게 거슬렸던 나의 말과 행동, 도대체 무슨 생각인지 이해할 수 없었던 타인을 이해해보고자 시작했던 기록이 이제는 어떤 영감으로 바뀐다. 그리고 내가 남겨야 할 관계와 버려야 살 수 있는 관계를 알게 한다.

나를 사랑하고 있다는 신호

자신에게 몰입하고, 꿈을 꾸고 삶을 즐긴다. 대단한 일을 해낸 듯 착각에 빠질 때면 '역사에 한 획을 긋는 업적이네!' 웃으며 야심을 품는 나도 좋아하고, '아무래도 힘들겠지.' 하며 차분히 위인전을 읽는 나도 좋다. 이런 내가 항상 예쁘게만 보일 리 없다. 대단한 일을 해낸 나만 좋아해야지, 이런 마음으로는 하나도 즐겁지 않다. 아주 하찮은 것이 언제나 나를 웃게 한다. 나 자신이 갑자기 좋다고 느껴졌던 순간을 잊지 않고 적어두는 까닭이다.

1. 요가 수업에 참석했을 때

바르게 살고 있다는 상쾌한 기분은 요가 수업을 오가는 길에서 느낀다.

2. 아침식사 메뉴를 만든 것

"손님, 오늘도 차, 샐러드, 과일로 하시겠습니까?" "아니요. 오늘은 비가 오니 따뜻한 수프와 버터 바른 모닝롤을 곁들이겠어요." 물론 내가 직접 준비해 집에서 먹는 아침밥이다.

3. 다리를 꼬지 않는다

다리는 가지런히 하고 의자에 허리를 딱 붙여서 앉는다. 허리도 골반도 틀어지지 않는다. 자세를 고치느라 얼마나 노력했던가. 그럼에도 여전히 몸이 틀어져 있기에 교정 요가를 받을 때마다 고통에 울부짖는다.

4. 깔끔하게 정리된 냉장고를 볼 때

"흠, 삶이 제대로 굴러가고 있군."

5. 안정적인 재무 상황

영어로 잔고가 왜 '밸런스(balance)'인지 어원이 궁금했다. 두 개의 천칭을 의미하는 라틴어에서 출발했다고. 균형 감각을 잃지 않는 통장을 볼 때면 '정서적으로 아무 문제가 없구나.' 하고 판단한다. 극도의 스트레스가 과소비를 부른다는 사실을 기억할 것.

6. 콤플렉스를 칭찬한다

나의 튼튼한 발목은 가냘픈 아름다움은 없지만, 살면서 한 번도 다리를 삐끗해본 적 없고 버티는 다리 힘도 강하다. 기능미 있는 멋진 발목.

7. 지구 청소비를 납부한다

가끔 해피빈에 들어가 모아놓은 콩 저금통에 포인트를 더해 나무를 심고, 바다를 청소하는 단체에 약간의 돈을 보탠다.

8. 머리를 빗질하고 헤어 오일을 산뜻하게 바르는 순간

털을 핥으며 몸단장을 하는 고양이처럼, 애정 어린 손길로 매일 머리를 빗는다.

9. 침착한 어른처럼 굴 때

마음속으로는 바닥에 드러누워 생떼라도 부려볼까 싶지만, 어른인 나는 웬만한 일에는 화내지 않는다. 화내는 데 에너지가 너무 많이 들고 내 체력은 좋지 않다. 성숙한 어른은 단지 체력이 부족해서 싸우지 않을 수도 있다. 화낼 가치란 체력과의 등가교환.

10. 작은 사치의 기술을 알고 있을 때

창가에 앉아 레몬을 넣은 탄산수 한 잔을 오래도록 마시며 책 읽는 여름. 가끔 빳빳하게 다린 셔츠를 입고 출근하기. 아무도 모르는, 나만이 느끼는 사치스러운 순간.

계속해서 나를 사랑하는 신호를 적어간다. '아무것도 안 한 게으른 날의 나도 좋다.'처럼.

지구를 위한다는 거짓말

2020년은 사그라들지 않는 전염병의 위협, 기후 변화가 불러온 홍수로 이웃이 수해를 입었고, 한동안 채소 물가는 급등했다. 누구나 절망을 경험한 한 해다. 그레타 툰베리는 우리가 멸종 위기종이고, 매일매일이 지구의 날이라고 하는데, 나는 지구를 위해 무엇을 했단 말인가 생각하다가도 '신은 자연이다'라고 말했던 스피노자를 떠올린다. 그래, 지구에게 있어 우리는 한없는 '을'이다. 지구 입장에서 인간이란 그저 공룡이 멸종되었을 때처럼 시대의 지배자로 군림하다가 허망하게 사라지는 종의 하나일 뿐. 지구가 우리를 멸종시켜버리기 전에 우리의 생존을 위한 변화가 필요하다. 물론 이 생존 게임에서 내가 할 수 있는 거라곤 일정 부분

아날로그로 살기밖에 없다.

신경쓸 게 없는 가벼운 생활을 지향하고, 디지털 기술 의존증이 있음에도 지구, 아니 나의 생존을 위해 아날로그적 순간을 늘리고 있다. 별로 필요치 않은 물건과 서비스의 남발, 일회용이 일반화되어 있는 요즘, 편안하고 쾌적한 삶이 과연 그런 것인지 깊은 의문을 갖는다. 지구의 눈치를 보는 모든 활동이 내 몸과 마음에 평온함을 가져오고 심지어 아무 스트레스 없이 돈까지 모으는 생활로 나를 이끌기에 아날로그적 삶의 방식이나 환경 보호 아이디어가 떠오르면 목록에 적어둔다.

1. 진짜 수세미 사용하기

위생 문제로 수세미를 자주 교체해야 한다는 사실을 알게 되었을 때 자주 버리게 되는 스펀지와 플라스틱이 마음을 무겁게 했다. 모든 면에서 친환경을 실천하긴 어려웠지만 그래도 하나씩 바꿔봐야지 결심하고 자연에서 난 수세미를 시도해보았다. 사용감도 좋고, 무엇보다 버리고 나면 자연으로 재빠르게 돌아갈 테니 마음이 편하다.

2. 햇볕에 빨래를 말린다

열흘이 넘는 장마에 고통받던 여름에는 빨래 건조기를 사고 싶은 유혹을 강하게 느꼈다. 언제나 그렇듯이 온갖 안 되는 이유를 떠올렸다. 집이 좁아, 건조기는 섬유를 빨리 상하게 해, 처럼. 헤어드라이어나 선풍기로 눅눅한 빨래를 말리는 건 당연히 쾌적하지 않았다. 하지만 장마의 시간이 지나자 해가 쨍쨍하게 내리쬐기 시작한다. 빨래가 바싹 마른다.

3. 전자기기를 몸에 착용하지 않는다

애플 스마트 워치와 에어팟에 눈길이 갔던 시절이 있었다. 필요보다 스타일리시한 유행에 동참하고 싶었음이 컸고, 진지하게 사고 싶다는 마음으로 구매 검토까지 했다. 결국 내 팔목에는 아무것도 없다. 몸에 전자제품을 붙이고 다니고 싶지 않았다. 휴대폰을 살 때 따라왔던 줄이 달린 구식 이어폰은 가지고 있는데, 그건 전화 통화를 할 때만 쓴다. 청력 보호를 위해 가급적 이어폰을 끼고 음악을 듣지 않기로 했다. 스마트워치는 왜 포기하게 되었는지 기억나지 않는다. 그러고 보니 이건 환경과는 크게 상관없는, 궁극적으로 내 몸을 보호하기 위한 결정이다.

4. 걸어다닌다

대중교통을 이용한다. 여름엔 땀이 나고, 겨울엔 추위에 떤다. 계절 변화에 따른 자연스러운 신체 변화를 느끼며 산다. 물론 쾌적하지 않다! 손수건으로 땀을 닦고, 머플러를 코 높이까지 감아 추위에 대비해야 한다. 그럼에도 지구 건강에는 탄소 배출을 최소화하는 방향이고, 몸이 순환되어 피부가 좋아지는 기분이며, 내 몸을 자유롭게 쓰는 법이기도 하다. 운동 부족에 시달릴 일이 없다는 점이 가장 좋은 점. 게다가 차를 유지하기 위한 어떤 비용도 발생하지 않는다. 걷기는 몸과 통장에 자유를 가져온다.

5. 티백이 아닌 찻잎을 우린다

제로웨이스트의 길은 아직 멀었지만, 내가 알게 모르게 하는 실천 중에 티백 아닌 찻잎을 사서 먹는다는 부분이 있다. 찻잎을 애용하면 티백 쓰레기가 생기지 않는다. 찻잎으로 사면 티백보다 양이 많고 차를 만들 때 원하는 대로 찻잎 양을 조절할 수 있다. 물론 티백보다 가격 역시 저렴하다.

6. 재사용하고 만들어 쓰기

냉장고에는 요거트 유리병이 가득하다. 손질 후 남은 야채와 과일이 들어 있는데, 새 밀폐용기를 사지 않고 요거트 유리병을 재사용하고 있다. 90년대 누구의 집에나 있었던 델몬트 주스 병 같은 존재다. 그 밖에 직접 뜨개질을 하여 코스터를 만든다. 만들어 쓰기는 생활 터전 보호와 사뭇 거리가 멀어 보이는 활동이지만 어쩐지 이런 예스러운 생활태도를 갖다 보면 맹렬한 소비 사회의 일원처럼 느껴지지 않는다.

7. 전자책 애호가이지만, 종이책의 질감을 잊지 않고 산다

나무를 해칠 것인가 서버 구축 및 관리로 인한 환경오염을 감수할 것인가. 이런 딜레마 속에 빠져 있긴 하지만, 책은 계속 읽고 있다. 환경보호와 나를 보호하는 것을 동일시하는 나로서는 요즘 블루라이트로 눈의 피로함을 종종 느끼고 있어 종이책이 편안할 때가 많다. 친구 집 서가에서 책 빌리기, 회사 책 서가에서 책 빌려보기. 일단 주변에 굴러다니고 있는 책부터 읽는다.

8. 이메일 정리하기

현명한 디지털 라이프 중 하나. 환경보호 측면에서 알아둘 만하다. 불필요한 이메일을 삭제하면 서버에 필요 없는 데이터를 저장시키지 않아 서버 장비 유지를 위한 에너지를 절약할 수 있다고 한다.

주방 비누와 샴푸바 쓰기, 일회용 행주 쓰지 않기 등 생활터전 보호하는 법은 무궁무진하다. 유행처럼 외쳐지고 있는 '지속 가능'이 시대의 상식이 될 수 있도록 나 역시 동참한다. 오늘은 셔츠를 두 번은 입고 빨기에 대한 글을 읽고 목록에 추가해두었다.

이제까지 내가 배운 38가지

지하철에서 마주친 지팡이 짚은 할아버지는 기력이 딸려 보였다. 노약자석으로 가지 않고 내게 가까이 다가온다. 흔쾌히 자리를 양보해드렸더니 할아버지가 웃으며 사탕 껍질을 답례로 주었다. 내 기분이 정말 바닥일 때여서 착한 일을 해도 쓰레기로 돌려받을 수 있다고 한탄했다. 인과응보란 항상 통하는 말이 아니다. 세상에 존재하는 진리는 내 식대로 수정하며 살아야 한다. 그래야 덜 억울하고, 배신감이 들지 않고, 더 유연하게 살 수 있다. 내가 배운 삶의 교훈, 다짐, 내 생각의 결과들을 한 줄씩 스프레드시트에 기록한다.

1. 최고의 긴장 해소제는 웃음이다.
2. 일단 나에게 너그러워질 필요가 있다.
3. 언제나 끈기와 인내가 부족하다 느꼈다. 하다 중단하길 여러 번. 그런데 글은 계속 쓰고 있지 않은가. 모든 것에 끈기와 인내를 가지면 사람이 아니라 신이다.
4. "모든 일은 상황에 따라 계획을 세우면 돼. 매번 걱정하고 두려워하면 세상을 어떻게 살겠어." (드라마 <연희공략>에서)
5. "하루에 안 되면 1년을, 1년에 안 되면 10년을 할 거야. 재능이 부족하면 노력으로 채워야지." (드라마 <연희공략>에서)
6. 일단 하면, 일단 움직이면 뭐라도 생긴다.
7. 내가 하는 일에 경계는 없고, 그 스펙트럼은 넓다.
8. 준비가 전혀 안 되어 있다면 기회가 와도 피한다. 자신에게 실망하는 급행열차다. 그전에 기회가 오지도 않지만.
9. 계획을 좋아하다 보니 알게 되었다. 세상에는 계획대로, 예상대로 되는 상황은 거의 없다는 걸.
10. '언젠가는 그렇게 살 거야.'란 그림을 계속 간직하고 살면 언젠가 그렇게 되어 있기도 하다.
11. 모두 앞서가고 있는데, 나만 그대로인 것 같은 마음이 들 때 퇴보하지 않고 상황 유지만이라도 하고 있음을 다행이라 여긴다.
12. 타인에게 환상을 갖지 말자. 구원은 셀프다.
13. '남과 비교하지 말라'는 그게 안 되니 나오는 다짐 아닐까. 질투는 자연스러운 감정이다. 내가 부족하다 느끼는 게 무엇인지 알려주는 마음의 신호. 다만 상대를 인정하지 않고 다른 형태로 질투를 드러낼 때 초라해질 뿐. 그냥 부러워하겠다.

14. 비교 중에 최악은 아마도 내가 한 선택이 틀렸을까 봐 타인의 선택에 격려 대신 재를 뿌리는 태도다. 내가 믿는 가치관이 최고이고, 너도 그렇게 살아야 한다 강권하는 사람을 피한다.
15. 설레발은 위험하다. 무슨 일이든 이뤄지기 전까지는 발설하지 않는다.
16. 착한 사람이 되려 애쓰지 않는다. 다만 친절한 사람이 된다. 착하다는 남이 나를 평가하는 말이고, 친절함은 어디까지나 나의 만족이다.
17. 누가 나를 어떻게 부르는지 기억해둔다. 별명은 그 사람이 나를 평가하고 바라보는 방식이다. "뭐? 내가 '돌다리'라고?" 지나치게 의심이 많고, 신중하다는 의미라고 한다.
18. 말을 많이 할수록 실수를 한다. 가벼운 입이 나를 해친다.
19. 상대가 원하는 것이 무엇인지 파악만 하면 일은 잘 풀린다.
20. '나는 예민한 편이라, 둔감한 편이라….' 남에게 이해를 구하려는 시도는 그만두자. 이 세상 모든 사람은 똑같이 예민하고 자신이 관심 없는 일에는 둔감하다.
21. 일을 할 때 저자세도 취해봤고, 고자세도 취해봤다. 둘 다 부끄러웠다. 그래서 사무적이고 친절한 자세를 취한다. 적어도 내게 부끄럽지 않다.
22. 나이 타령 하는 사람과 가급적 교류하지 않는다.
23. "내가 여기서 이런 일 할 사람이 아닌데…."라고 말하는 사람은 이런 일도 제대로 못할 확률이 크다.
24. 절약은 기준을 갖고 모두를 이롭게 하는 생활 태도다. 인색함과 다르다.
25. 내 노동의 값을 높이 평가한다. 실제 입금되는 돈은 한없이 적더라도!

26. 한 번에 하나만 하자. 멀티태스킹이라는 도시 전설을 버린 후로 생산성이 더 높아졌다.
27. 잠을 제대로 못 잤다면 운동이고 식사고 내버려두고 아무것도 하지 않고 잔다. 푹 자고 일어나면 세상이 달라져 있다.
28. 자연에서 난 음식이 내 몸과 컨디션을 구한다.
29. 폴 발레리의 "바람이 분다, 살아야겠다."는 말을 기억한 뒤로 갑자기 불어오는 바람을 느낄 때마다 삶의 실체가 느껴진다.
30. 언제나 체크리스트를 쓰는 태도가 나를 단정한 사람으로 만든다.
31. 평정심이란 욕심을 덜어낼 때마다 생겼다.
32. 자립은 내게 정말 큰 가치이고, 스스로 올곧게 선 사람들로부터 친밀감을 느낀다.
33. 모든 사람은 여러 면을 가지고 있다. 나는 대부분 실용적이고 기능적인 일상을 꾸리지만 가끔은 사치스럽다.
34. 어색하고 불편한 상황이나 말실수가 있다면 깔끔하게 사과하고 잊어버린다. 실상 쉽게 잊을 순 없겠지만 말을 하지 않으면 점점 작은 에피소드가 되어 잊힌다.
35. 내가 어떤 사람을 팔로우하는지, 어떤 매체를 읽는지, 무슨 주제로 이야기하는 사람과 사귀는지에 따라 내 생각과 삶의 방향이 달라진다. 누구나 많이 노출되는 것에 영향을 받는다.
36. 낭비 없는 몸의 움직임처럼 삶을 더 가볍게 가꾸는 법을 익힌다.
37. 무엇을 하기에 적절한 나이는 분명 있다. 현실을 벗어난 무모한 도전은 하지 않는다.
38. 열심히 한 날이 있기에 아무것도 안 하는 날이 빛난다.

왜 38가지인가. 지금 이 글을 쓰고 있는 내 나이가 38세이기 때문. DNA에 새겨진 수명시계 연구에 대한 기사를 읽었는데, 인간의 본래 자연 수명은 38세라고 한다. 그렇다면 이제껏 충분히 성숙한 개체로서의 삶을 살았다. 앞으로의 내 생각은 어떻게 더해지고 변하고, 삭제될지 목록을 주르륵 보다 보면 알 수 있을 거다. 삶의 기준이 되어주고 내가 의지해 살아갈 수 있는 여러 깨달음과 조언들, 내 생각의 결과 비슷한 글의 목록이 누구나 하나쯤은 있어야 한다. 명료하게 정리된 글이 나의 가치관을 보여주고 선택과 행동을 이끈다. 머릿속으로만 두지 않고 꺼내어 바라볼 것. 오늘도 기록하는 까닭이다.

결국, 단정한 삶

개인주의자, 계획적인 사람, 곧잘 게으름을 피우는 범재凡才. 나라는 사람을 표에 수납 및 정리하다 보니 이런 키워드가 도출된다. 게으름에 대해 다시 이야기하고 싶다. 좌표를 잃고 헤맸던 나와 기록을 일상화한 뒤의 나를 비교해보면 무기력 혹은 게으름의 의미가 달라져 있다. 책 『딥 워크』에 따르면 게으름은 휴양이나 방탕 혹은 죄악이 아닌 비타민 D가 인체에 필수적인 것처럼 두뇌에 필수적이며, 게으름이 결핍되면 심각한 정신적 피해를 입는다고 한다.

기록은 내게 보여준다. 의욕과 무력함이 리듬을 타며 삶이 흘러가는 모습을, 데이터가 월별로 모아져 있으니 나의 의욕 주기를 그래프로 그릴 수도 있다. 물론 시도해본 적은 없다. 일주일에 하루 정도는 생산적인 일 없이 일부러 무계획으로 산다. 종종 마음을 무겁게 했던 불안과 걱정 역시 스프레드시트에 아웃소싱해서 삶의 무게는 가볍다. 삶의 여유를 기록에서 찾았다고 하면 지나친 비약이지만 나 자신의 사용 설명서를 갖게 된 기분은 맞다. 오히려 먼 훗날 걱정 없는 게으름뱅이의 삶을 자신에게 선물하기 위해 지금 열심히 살며 준비해야겠다는 흥미진진한 목표를 세운다.

처음부터 온갖 스프레드시트를 만들어야지 계획하지 않았다. 나를 이루고 있는 모든 요소가 잘 관리된다는 느낌이 좋아 하나씩 더해가다 보니 다양한 관리 시트가 생겼다. 건강을 잃고 회복하던 시절, 절박한 마음으로 건강 관리표를 만들었다. 건강 교양서적 여러 권을 읽고 공통으로 권하는 관리 포인트를 추린 다음 간단히 표를 만들고 실행, 관찰, 기록하며 시작했다. 덕분에 아침에 겨우 일어나던 내가 아침 운동을 습관처럼 하게 되었고, 세끼 식사를 잘 챙겨 먹고 꾸준히 걸었으며 충분한 수면을 취하는 등 컨디션 관리를 우선으로 두고 살게 되었다. 몸이 달라지니 삶이 달라졌고 긍정적인 변화를 느낀 후로 원하는 바가 있으면 스프레드시트를 가장 먼저 열고 생각을 정리했다. 단정한 삶의 시작이다.

내게 단정한 삶이란 시간과 에너지를 내 통제하에 두는

것, 어떻게 배분하고 얼마큼 쓸지 결정한 다음 차분차분 실행하는 것이다. 단정함이란 군더더기를 덜어내고 본질에 집중할 때 생겨났다. 해야 할 일을 먼저 하고 쉬자는 일의 우선순위 알기, 작게는 공과금 종류 정리와 자동이체 설정부터 시작해 크게는 이로운 습관을 만들고 저항감 없이 해내는 일도 포함이다. 이 모든 수고로움의 보상은 여유다.

'리스트 덕후'라고 자칭하며 가끔 블로그에 올리던 스프레드시트의 일부가 호기심을 불러일으킨 모양이다. 많은 독자들이 리스트에 대해 더 알고 싶어 했기에 나는 스프레드시트 정리법이라 이름 붙여 이 글을 썼다. 실용적인 팁을 알려주고 싶었지만, 사람마다 상황이 다르므로 언제나처럼 이게 정답이라고 말할 수 없었다. 스프레드시트를 다루는 대단한 기교는 없고, 나의 생각의 구조를 칸으로 나눈 것뿐이라 과연 표 자체가 도움이 될지는 의문이다. 다만 제멋대로 행동하는 자신을 옭아매고 관리하고 싶다면 적극 추천하는 방법이다. 가장 절실하게 변화하고 싶은 모습이 있다면, 생각만 계획만 하지 않고 실행 후 표에 기록하기. 내가 달라질 수 있었던 유일한 방법을 여러분께 권한다.

누구인지 집요하게 찾아보진 않았지만, 스프레드시트 프로그램을 개발한 사람 또는 프로젝트 팀에 고마움을 전하며 이 글을 읽는 분들의 보이지 않는 정리법을 응원한다. 오늘 내가 해야 할 일과 앞으로 해내야 할 작은 일부터 큰 일까지 적어두고 관리하는 일상이 모두에게 원하는 선물을 가져다주길 바란다.

cheer up!